マドンナメイト文庫

ときめきエロ催眠 ぼくのスクールカースト攻略法

桐島寿人

目次

contents

ときめきエロ催眠　ぼくのスクールカースト攻略法

第一章　手にした催眠術

1

（マジかよ……し、信じられないっ）

須藤幹生《すどうみきお》は唾を飲みこんだ。

妹の岬《みさき》が目の前に立ち、恥ずかしそうに制服のプリーツミニスカートの裾をつまんでいる。

「あぁっ……もうっ……ホントに見たいの？　お兄ちゃんのエッチ。まあ、パンツくらい見せても、どうってことないけど」

岬が恥じらい、顔を赤らめて、かわいらしい声を出す。

（うそだろぉ……！）

幹生はドキドキと心臓を高鳴らせる。

というのも、中学三年生の岬は、兄の目から見てもかなりかわいい。

いや、かなりなんてもんじゃない。

トップクラスにかわいい。

黒目がちな大きな瞳に見つめられると、兄である自分ですら、なんだかドキッとしてしまう。

部活でじゃまだからとヘアピンで前髪をとめ、おでこを出したヘアスタイルがかわいらしさに拍車をかけている。

「ああん……」

岬が手を震わせながら、小さく呻く。

その甘い声と困ったような表情は、これまで見たことがないほど艶《なま》めかしく、魅力的だ。

ルックスだけではない。

細身のくせに、おっぱいはぷくっとふくらんでいて、お尻はしっかりと女らしいまるみがある。薄着のときなど、ついつい視線が胸やヒップにいってしまう。

（いつもであれば、こんなにじろじろ見たら、殴られてたな）

最近の岬はとにかく生意気で、

「キモッ」

「ウザッ」

の連発で、ゴミでも見るような目で見下してきていた。

そんな岬が今……恋人を見るかのごとく、幹生を見つめている。

「私のパンツ、そんなに見たいのね……あん、もうっ……ホントにヘンタイっ……今日は私のお気に入りのなのに……」

（おおお……）

言いながら、岬がいよいよ両手を持ちあげた。

目の前でミニスカートが、ゆっくりたくしあげられていく。

太ももが、きわどいところまで見えた。

（ほ、本気なのか……う、うわっ……見えるっ。見えちゃうぞ……）

中学生とはいえ、岬の太ももは十分に女らしいボリュームがあって、グラビアで見るアイドルのようにムッチリしている。

成熟しかけた太ももに目を奪われていると、

「ち、ちょっと待って」

岬はいったん手をとめた。

目の下をねっとり赤く染め、ハアハアと荒い息をこぼしている。

あと数センチで、ショーツが見えてしまう。

どうやら心の中で葛藤しているようで、スカートを持ちあげた手を震わせ、首すじまで羞恥のピンクに染めている。

「ああん……ホントに見せるのね」

岬の口から色っぽい吐息が漏れる。

恥ずかしそうにしながらも、しかし決心がついたらしく、岬は一気に腰までスカートをまくりあげた。

「おお……ッ」

幹生は思わず身を乗り出した。

ライトブルーのコットンショーツだった。

臍のあたりに小さなリボンがあしらわれていて、思っていたよりも子どもっぽいデザインだ。

だが、その幼いショーツに包まれた下半身は十分にいやらしい。

近づいて、じっと見た。
クロッチの部分がぷっくりとふくらんでいる。
（ああ、おま×こっ、これが女のアソコ……）
幹生は童貞だ。
いちおう無修正は見たことがあるが、ナマの女性器を見たことはなかった。
あの布の向こうに魅惑のワレ目がある。そう思うだけで、頭がくらくらした。
（も、もうだめだっ……）
思わず、もっと顔を近づける。
岬が恥じらう。
「い、いやんっ……ちょっと近いよ……」
だけど、両手はスカートをまくったままだ。
（くううう……）
幹生は勃起した。
（い、妹のパンツ見て興奮するなんて……あ、あれ……甘い匂いがするっ……）
すんすんと鼻をすすると、岬の股間から、嗅いだことのない匂いがした。
岬はいつも甘酸っぱい匂いをさせている。

中学生の柔肌と髪の匂いは、とてもさわやかだ。

しかし今……岬のショーツ越しのアソコから漂ってくるのは甘ったるくて、それでいてツンとする香気だ。

(処女って、けっこう匂いがキツいと聞いたぞ。そうなのか?)

適当な性の知識で妄想しながら見つめていると、心臓が痛いほど高鳴ってきた。射精しそうだ。

今、ズボン越しにも股間に触れれば、間違いなく暴発してしまうだろう。

(その前に、もっといろいろ見たい)

「み、岬ッ、む、向こうを……見てっ……お尻を突き出してっ」

思わず命令していた。

岬は細眉をハの字にして怒ったような素振りを見せるも、すぐにくるりとうしろを向き、ミニスカをまくって、こちらに尻を突き出してきた。

「ああんっ……これでいいのね?」

恥ずかしそうに訊《き》いてくる岬に、幹生は返事もできなかった。

刺激的な光景に、呆気《あっけ》にとられたからである。

小さなショーツに包まれたヒップは、生々しいまるみが目を見張るほどだ。

腰はつかめそうなほどくびれている。

それなのに、そこから女らしい、悩ましいカーブを描き、思わず撫でたくなるほどの色っぽさを見せている。

「……す、すごいな……」

それにしても、まさかである。

あの生意気な妹が、幹生に向かって下着に包まれたヒップを見せてくるなんて……

それはもう天変地異クラスでありえない。

（やっぱり、本物なのか……あの動画……）

2

幹生は私立良秀《りょうしゅう》学園に通う、高校二年生である。

良秀は伝統的な名門校で優秀な生徒ばかり。

もしくはセレブなお嬢様かお坊ちゃまだらけだ。

幹生はその中で、勉強もスポーツも家柄もからっきしの、底辺の生徒だ。

こんな学校なんか、ちっともおもしろくない。

だが、唯一にして最高の楽しみといえば、さすがは名門で、かわいい子がやたら多いことだ。

そんなかわいい子たちが、ミニスカート、ブレザー、黒のローファーという名門校の三点セットを身につけ、清楚な出《い》で立ちでそこらへんを楽しそうに歩いている。

しかも校則で、スカートの下にスパッツは禁止。

その点だけは天国だと思っている。

「おはよ、幹生くん。徹夜したの？」

通学電車を降りて、駅から学園への道を歩いている途中、同じクラスの近藤《こんどう》良太《りょうた》が声をかけてきた。

「なんで？」

幹生は不審に思って言う。

「だって、目がギンギンだよ。ああ、あれか。カンコレの一期を見返したね」

良太が人気アニメのタイトルを口にする。

ここは名門校である。

だから幹生のような典型的なアニメオタクに賛同してくれるのは、ここにいる良太くらいで、とても貴重な友人だ。

「違うけど、ちょっと朝、刺激的なことがあってさ」

幹生はあくびしながら目をこすった。

おそらく先ほどまで岬のショーツ姿をじっくりと見つめていたので、目が充血したのだろう。

ちなみにオナニーしたから、今はすっきりしている。

(やっぱり、あれのせいかなあ……)

妹の桃尻を思い出しつつ、昨晩の動画サイトのことを考えた。

「プーチューブ動画サイト」

へんな名前のサイトだった。

エロサイトを見ていて、ふとどこかをクリックしてしまったら、太った白人が出てきて、流暢《りゅうちょう》な日本語で妙なことを言い出したのだ。

「今すぐ使えるヒプナタイズ。ヒプナタイズとは催眠術のことです」

(催眠術ねえ)

そんな感想しか持たず、ぼうっと見ていたときだ。

指先を画面から突きつけられて、その瞬間、なんだか頭がくらくらした。

「あなたが指をさして念じた人間は、あなたの念じたとおりに動くようになります。

さらに時間が進むにつれて、無意識下に封印された記憶は、虚偽記憶となって新たに上書きされていき……」

(なんだよ、心理学の教育ビデオか?)

つまらなくなって見るのをやめても、頭の中に男の指のイメージが残っていた。

そのイメージどおりに岬にためしてみたのが、怒られるかと思いきや、今朝のあの衝撃的なスカートまくりである。

(まさか、ホントに催眠術が効いたとか……まさかなあ)

岬の悪ふざけとは思えない。

というよりも、そもそも悪ふざけでパンツを見せるような、愛嬌《あいきょう》のある妹なんかでは決してないのである。

(やっぱ本物だったんかなあ……あの動画……)

なんて考えていると、

「幹生くん、ほら見てよ」

良太が取り出したのは「メルキュア」同人誌。限定版で入手困難なシロモノである。

「おおうっ。すげえ」

幹生が手に取ったときだった。

ドンッと誰かに手がぶつかり、前を歩いている生徒がこっちを向いた。

(げっ、白浜《しらはま》っ)

白浜は同じクラスの男子生徒だ。

スポーツ万能で成績優秀な、みんなに人気のある、いわゆる陽キャである。

そして……。

身分は「ジャック」だ。

「あん、なんだ、これ……メルキュア同人誌って、うわっ、キモっ」

毎週日曜の朝にやっているアニメの魔法少女たちが、触手やモンスターに犯《や》られるという設定である。

一般人に理解されないのは承知の上だ。

でも好きなんだから、仕方がない。

「返してよっ」

幹生が手を伸ばすと、白浜はギロッと睨《にら》みつけてきた。

「返してよ？　なーんで『ワナビー』どもが、俺にそんな口きくんだ、ああん？」

それを言われると、ふたりは言い返せない。

なぜなら、ウチのクラスには「スクールカースト」というものがあり、

すべての長・キング
支配階級の一軍・ジャック
普通の生徒である二軍・パンピー
支配下層の三軍・ワナビー
という四つの身分に分かれている。
これは、見た目、コミュニケーション能力、成績、そして親の財力や地位など、スペックが豊富なほど身分が上になる完全な階級制度である。
三軍のワナビーはクラスメイトから完全に無視されて、ジャック以上には絶対に逆らえないという奴隷の決まりがある。
キングやジャックには権力があり、「あの子、いや」と言った瞬間に、パンピーの子もワナビーに落とされて、いじめられてしまうのだ。
ところでスクールカーストは、どこの学校でも存在していると思うが、わがクラスにだけどうしてこんな厳格な線引きが存在するのか。
それは、理事長の娘である、クラス委員の姫野恵里香《ひめのえりか》が、
「支配するものと、されるものの違いを知るべき」
というスローガンで勝手につくったのだ。

ばかばかしいと思うだろう。

しかし、教師たちは恵里香に逆らえないから、担任ですらもスクールカーストの存在をわざと無視しているという無法状態なのだった。

「おおい、梨奈《りな》っ……これ見ろよ」

前にいたショートヘアの女子生徒に、白浜が声をかける。

(あ、梨奈ちゃん)

幹生はドキッとした。

麻生《あそう》梨奈は同じクラスの女の子だ。

栗色のショートヘアに小麦色の肌。

アイラインを引いた大きな目は猫のように吊りぎみで、派手な髪飾りとネイルが相まって、完全なギャルでありつつ、ルックスはかなりの美少女だ。

性格は粗暴で、いじめっ子タイプ。身分はジャックである。

「なに、それ。うわっ……なんなのお……こんなの見てるから、あんたたち成績が悪くなるんじゃん。ねえ、わかってる？　あんたたちがウチの平均点を下げてるでしょ。いるだけで迷惑なのっ。学校に来なければいいのに」

キツいことを言われて、じろりと睨まれる。

童顔でかわいいタイプだが、怒った顔はけっこう怖い。

だけど、そんなふうに言われてもだ。

（おお……）

ブラウスの前を開けているから、胸の谷間とピンクのブラが見えてしまっている。

しかも梨奈が動くと、はちきれんばかりのゆたかなバストが大きく揺れ弾む。

（やっぱり、デカい！）

キツいことを言われても、ニヤつきそうになるのは、梨奈のこのおっぱいのせいだ。

良太と検証したのだが、梨奈のスリーサイズは推定八十八、五十六、八十六センチのFカップ。

美少女で、ギャルで、おっぱいは大きいという、童貞には夢のようなプロポーション。このバストを前にしては、どんな罵詈雑言《ばりぞうごん》もへっちゃらである。

「……ちょっとお、どこ見てるのっ」

梨奈がハッとして、胸を両手で隠した。

（しまった）

慌てて視線をはずしても遅かった。

（今朝からエッチな気分が盛りあがっていたから、つい見とれて……）

梨奈がジロッと睨んでくる。

白浜も目を細めて見つめてきた。

「なんだ、こいつ……ワナビーのくせに。梨奈の身体をいやらしい目で見るなんて」

(なんでおまえが、そんなに怒るんだよ)

と思うのだが、剣幕がすごかったので、

「い、いや、見てないよ」

良太とふたりで後ずさりした。

「うそつけ。たとえ服の上からだってなあ、おまえらが見てもいいような身体じゃないんだよ」

理不尽なことを言いつつ、白浜が手をあげてきた。

(殴られるっ……ん?)

ギュッと目を閉じ、身を縮こまらせたとき、良太も腕にしがみついてきた。

(す、すまない、良太、僕のせいで……)

と、そのときだった。

「やめようよお、そういうの」

梨奈が静かに言った。

薄目を開けて見れば、白浜が恐縮していた。

(白浜、梨奈ちゃんのことが好きなんだな……)

まあ上の身分同士の恋愛なんて、自分には関係ない世界のことだ。

ホッとしたときに、梨奈が近づいてきて、イタズラっぽい笑みを漏らした。

「土下座」

「え？」

良太と顔を見合わせる。

「聞こえなかったあ？　ねえ、あんたたち、土下座しなさいよ。もう二度といやらしい目で見ません。見たら、学校から消えます。こう言いながら、梨奈の前で土下座」

「えええ……」

幹生は呆気にとられた。

学園近くまで来ているので、生徒たちの往来も多い。

(ううう……なんていやなことさせるんだよ)

しかし、カーストは絶対だ。

姫野恵里香が二年生のときに逆らったワナビーは、すぐに学園から追放された。

しかもだ。

教師から内申点やら成績をひどく書かれたらしく、次の学校はかなり偏差値の低いところに行かされたという都市伝説がある。

「早くしなさいよお」

逆らえば追放。

こんな学校にいるのはいやだが、両親に迷惑かけるのも避けたい。

幹生は仕方なくアスファルトに膝をつく。

隣で良太も膝をついた。

「え？」

横を見ると、良太が小さく頷《うなず》いた。

（ふたりなら恥ずかしくないってか。持つべきものは友達だな……）

感動しながら頭をつけた。

「もう二度と、いやらしい目で見ません。見たら、学校から消えます」

恥ずかしくて、耳鳴りがした。

（ああ……最悪だ……ん？）

顔をあげたときだった。

梨奈の制服のミニスカートを、下からのぞきこむような格好になった。したがってスカートの奥にある薄ピンクのデルタゾーンが目に飛びこんできた。
（り、梨奈ちゃんのナマ下着！）
妹のパンチラとは、興奮がぜんぜん違った。
（す、すごっ……）
スカートが持ちあがり、ショーツの卑猥な食いこみまで見えた。
（おお……えっ、なんで、こんなにモロ見えなの？）
そのときになって、梨奈が片脚をあげたことにようやく気づいた。
ハッとした。
目の前に、ローファーの裏底が迫っていた。
「反省ゼロ。死ね！」
顔を踏まれた。

3

（なにが「やめようよ、そういうの」だよ……殴られるより大ダメージだよ）
幹生は絆創膏《ばんそうこう》を貼った鼻をさすりながら、みなと楽しそうにしゃべっている梨奈を見つめた。

(性格は最悪だけど、やっぱりかわいいな、梨奈ちゃん……ああ、ナマ下着……今、あのミニスカの奥には薄ピンクのショーツが……)

股間が硬くなってきて、幹生は慌てた。

今度いやらしい目で見たのがバレたら、姫野恵里香に告げ口されて、あっという間に底辺高へ転校だ。

「あら、須藤くん、その鼻、どうしたの?」

声をかけられたほうを見て、幹生の顔は強張《こわば》った。

「か、河村《かわむら》さん……っ」

(琴音《ことね》ちゃんが声をかけてくれた)

「い、いや、ちょっと転んで、こすっちゃって」

ドギマギしながら、琴音をちらちらと見る。

河村琴音。

幹生の天使である。

というよりも、学園どころか、他校まで名が響く美少女だ。

艶々した絹のような黒髪ストレート。透き通るような白い肌に、形のよいアーモンドアイ。

整った顔立ちは、まるで日本人形のようで、もう神々しいくらいに美しい。

しかも、性格もよく、おしとやかでかわいいクラスの人気者だ。

この容姿だけでもキングなのだが、本人はそういう身分制度が嫌いだと例外的にカースト外で、恵里香すらも琴音には一目置いていて、なにも言えないのだ。

「ウフフ。でも、絆創膏を貼った顔、かわいいかも」

ニッコリと笑って、琴音が自分の席に着く。

(琴音ちゃんが、かわいいなんて……やっぱり、僕に気があるんじゃないか)

幹生はもう鼻の痛みも忘れて、ぼうっと琴音を見つめた。

琴音はよく声をかけてくれるので、幹生はちょっと疑っていた。

(ホントは僕のことが気になってる……じゃないと、こんなにいつも声をかけてくれないよなあ)

人気者だから、すぐに女子たちがまわりにやってくる。

笑うと目が細くなって、ぐっと親しみやすい雰囲気になる。

(これでおっぱいも大きいんだもんなあ)

ブレザーの胸もとは、梨奈ほどではないにせよ、大人の色香を感じさせるほどのふくらみを見せており、ミニスカートから伸びる脚もすらっとしてエッチだ。
（どんな男とつき合うんだろう。琴音ちゃんもいやらしいこと、考えるのかな）
あの桜色の唇は、キスしたらどんなふうに動くのか。
きっとツバも甘いし、どこもかしこもいい匂いがするのだろう。
遠くから眺めているだけで、妙な妄想がふくらんでくる。
（……ん？）
ニヤニヤしていたら、背すじがゾクッとした。
視線を感じたほうを見ると……。
（ひっ！）
姫野恵里香が、じっと冷たい目で見つめていた。
慌てて下を向くも、ドキドキがとまらない。
（な、なにかしたっけ？　特に悪いことはしてないはずだけど……）
おそるおそる顔をあげる。
恵里香はいなくなっていて、ホッとした。
そのかわりに目の前に梨奈が立って、腕組みしながら見下ろしている。
「ちょっと、来て」

クリッとした大きい目が、今は細められて見つめている。

「えっ……だって、これから授業……」

「口答えしないで。恵里香さんから許可もらっているから平気。いくわよ」

「は、はあ……」

(なんだろう……)

良太が心配そうにこっちを見ている。幹生は首をかしげてみせた。

ふたりで学園の別棟までいき、人気《ひとけ》のない体育用具室の前でとまる。

「入って」

「はあ」

誰か待ち伏せがいるのではないかとひやひやしたが、誰もいなかった。

跳び箱やマットが無造作に置いてあるだけだ。

「わ!」

幹生は突き飛ばされて、マットに突っ伏した。

顔をあげて梨奈を見る。

ショートヘアの似合う、ギャルっぽいアイドル顔。下から見ていると、またミニスカートからショーツが見えそうだ。

彼女が目を吊りあげて睨んできた。

「まったくもう……なんでそんなにエロいのよ、あんたは。梨奈だけじゃなく、琴音ちゃんまでエロい目で見てたわね」

「ええ……？　み、見てないし……だいいち、梨奈ちゃ……じゃなかった、麻生さんじゃなかったら、いいんじゃないの？」

「……今、梨奈のこと、名前で呼ぼうとしなかった？」

ドキッとした。普段から心の中で「梨奈ちゃん、かわいいな」とか思っていたから、ついつい口に出してしまった。

「い、言ってないよ」

「……まあ、いいわ。じゃあ、追加。梨奈だけでなく、ウチのクラスの女子全員を、エッチな目で見たら許さない」

「……ふえっ……そ、そんな……理不尽な」

「ダメえっ。あんたがワナビーになったこと、覚えてるでしょう？」

うっ、と声がつまった。

そもそもこのクラスで、カーストがはじまったばかりのときのことだ。誤って、恵里香の着がえを見てしまった。

それに恵里香は激怒して、幹生は最下層に落とされたのだった。

ちなみに恵里香とは、小さい頃、遊んだ幼なじみでもある。

彼女はそれも気に入らないらしく、とにかく幹生を目の敵にしている。

だから恵里香を神聖化している梨奈も、必然的に幹生に対してつらく当たってくるのだ。

「でも……あれは不可抗力……」

「口答えしないの！　恵里香さんの着がえシーンを見るなんて……ホントに眼球をつぶしてやりたいくらい。キモすぎっ」

梨奈がジロッと見つめてくる。

「あんっ、もう。思い出したら、ムカムカしてきた……暴力はさあ、いけないと思うのにい……でも、恵里香さんの下着姿を見たなんて信じられない。やっぱり、もう一回だけ踏んどこうっと。はい、土下座」

「えええ……いや、さっき鼻血が……」

「問答無用っ」

梨奈が襲いかかってきた。

（おおっ……ラッキー……なんて、言ってる場合じゃないっ）

ショートヘアの美少女に、のしかかられたらうれしいが、やはりさっきのように顔面を踏まれるのは、もうごめんだ。

（なんだっけ、ああっ……こうだっ）

今朝、岬にやったときと同じように、梨奈の顔の前に人さし指を突きつける。

「……なんのまね？」

梨奈が眉をひそめる。

（僕のことを好きになれっ）

そう念じた瞬間、梨奈の双眸《そうぼう》が一瞬、白目になった。

しかし、すぐにキッと睨みつけてきて、

「幹生くんなんて、大嫌いっ……いやらしいんだもんっ」

（効いてない！）

やはり、今朝の岬のは演技だったのか……。

（……いや、待てよ。今、梨奈ちゃん……僕の名前を……）

とまどっているうちに、体育のマットの上に押し倒された。

梨奈のやわらかなボディと、推定Ｆカップの巨大なバストが、ブレザー越しに押しつけられる。

「おおお！」

はじめて年頃の女性の身体に触れて、幹生の頭はパニックになった。

（おっぱいって、こんなにふわふわして、やわらかいんだ！）

梨奈は信じられないことに、幹生の顔に美貌を近づけてきた。

近くで見ても、目が大きくてかわいらしい。

小麦色の肌はシミひとつなくて、唇が濡れてぷるんとしている。

岬よりも濃厚な、女子高生特有とも言うべき、甘酸っぱい匂いがムンムンと漂ってくる。

すぐに勃起した。

ふくらみが、梨奈の太ももにあたる。

肉感的で、ますます肉竿がパンツの中でビクビクする。

「いやっ！　こんなに大きくして……いやだ……幹生くん、エッチ……梨奈の身体で興奮したのね……」

言いながら、梨奈の目の下がぽっと赤くなった。

（あ、あれ……なんか梨奈ちゃん、様子が変だぞ……）

「ああんっ……こんなに大きくしてっ……ねえ、まさか、梨奈とシタいなんて思ってないわよね」

言われてドキッとした。

「い、いや……お、思ってる……けど……」

組み敷かれたまま、幹生は正直に言う。

「いやだ、もうっ……誰がヘンタイのワナビーとなんてヤルのよお……」

などと罵《ののし》りつつ、梨奈の瞳が潤んでいた。

（か、かわいいっ）

ギャルで勝ち気だが、美少女であることは間違いない。

いつもは意地悪そうな表情をしているから、今のように赤らんで恥じらう顔が新鮮で、とても愛らしいのだ。

「えっ……う、うむっ」

小麦色の顔がさらに近づいてきて、気がついたら唇を塞がれていた。

やわらかくて瑞々《みずみず》しくて、水ようかんみたいな、ぷるるんと濡れたような感触。

（うわあ、キ、キス……これ、キスだ……女の子との初キスが、まさかこんなかわいい子となんて……）

これが接吻《せっぷん》というものだと、気づくまでに数秒かかった。

ドクンドクンと、心臓が痛いほど速くなり、身体が強張る。

（梨奈ちゃんの唇を……僕なんかが奪ったんだ……）

奪ったというより、逆に積極的に押しつけられて、奪われていた。

ミントみたいな女の子のさわやかな吐息と、つるんとした唇の感触だけが残り、頭がぽうっととろけていく。

「んん……？」

しかも唇を重ねただけでなく、唇のあわいから、梨奈がぬるりと舌を差しこんで、口内をまさぐってきた。

（し、舌……舌が入ってきた……これって、ディープキス！）

ツバも吐息もからみ合う。

恋人同士が愛を確かめ合うキスだ。

「んふっ……んんうっ……ちゅぱっ……んふっ……」

梨奈は鼻奥からくぐもった吐息を漏らしつつ、さかんに身体を押しつけながら、ツバの乗った舌で口の中をまさぐってくる。

（ふわわ……あ、甘い……梨奈ちゃんのツバ……口の中、とろけそう……）

ねちゃ、ねちゃといやらしい音を立てて、梨奈の舌が歯茎や頬粘膜まで舐めてくる。

唾液をすすられて、さらに幹生の舌を求めるように動いてきた。

幹生もおずおずと舌を出すと、梨奈は積極的にからめてきた。

「ううんっ……んううんっ……」

湿った息づかいが、梨奈の興奮を伝えてくる。

キスしながら、じれったそうに腰を押しつけてくる。抱きついてきて、おっぱいが押しつぶされるような重みを感じる。

（り、梨奈ちゃんっ……）

たまらなかった。

あまりに気持ちよくて、目を閉じてしまいそうになる。

だけどどうしても見たくて、がんばって目を開けた。

（め、目の前に、梨奈ちゃんの顔が……ホントに梨奈ちゃんとキスしてる……）

至近距離に、小麦色の肌のギャルらしい美少女の顔があった。

栗色のショートヘアの似合う小顔で、まるっこい輪郭。

長い睫毛《まつげ》をぴくぴくさせ、ときおりつらそうに細い眉をハの字にする困り顔が、たまらなくいやらしい。

「うふんっ……ううんっ……ちゅぱっ……ん、ちゅう……」

吐息はますます色っぽくなり、舌の動かしかたも激しくなってくる。

(本気のキス……僕もしたい……)

幹生は梨奈の背中に手をまわしてさらに密着し、舌で梨奈の口中をまさぐった。

「ううんっ……ちゅぱっ……ああんっ……舌が入って……いやあんっ……すごいくすぐったい……ああんッ」

梨奈はビクッとして、甲高いセクシーな声を漏らしはじめる。

(くううっ……女の子の興奮している声っ……ゾクッとする)

彼女からも後頭部に手をまわしてきた。

幹生は背中をさすってやる。ブラのホックがブレザー越しにも指先に当たって、ちょっとドキッとする。

(ブラのホックだ……それにしても女の子の身体って、こんなに華奢なんだ……)

折れてしまいそうなのに、やわらかくて全体にまるみがある。

梨奈は震えながら、ようやく口をはずした。

唇と唇に細いツバの糸が垂れ、甘い接吻をしていた証《あかし》を見せつける。

「もう、許さないっ……よく聞いて。これからは幹生くんに対して、私のしたいようにするんだからあ……」

怒り顔なのに、まるで誘っているような台詞《せりふ》だ。

(これは催眠が、かかりかけてるんだな)

もうすぐ梨奈が自分のものになると思うと、股間はギンギンに硬くなってくる。

「あんっ、もうっ、ワナビーのくせに、こんなに大きくして。ズボンとパンツを梨奈の前で下ろしなさい。お仕置きしてあげる」

クリッとした黒目がちな双眸で言われて、幹生の胸は高鳴った。

「えっ……ええっ……こ、ここで、ズボンを?」

「そうだよお。だってお仕置きだもん。今やるのーッ」

(だ、大丈夫かな……学校でそんなことして)

今は授業中だし、用具室に鍵はかかっていない。

誰かが入ってくることもあるし、もし入ってきたら、これはたいへんな騒ぎになるだろう。

(でも……ううっ……お仕置きされてみたいっ……梨奈ちゃんがもしかして、エッチなことしてくれるかも……)

催眠がどこまで効いているのか、はっきりとはわからない。

だが梨奈の意識や欲望が、はっきりと自分に向いているのがわかる。

（こうなれば、梨奈ちゃんをもっと支配したいっ……この勝ち気な小麦色のギャル美少女を、自分のものにしたい！）

今までこうやりたかった、という妄想シミュレーションで、自分がお願いしたことをやらせてみたい。

（て、手コキ……そうだ、梨奈ちゃん、まずは手で僕のチ×ポを触るんだ）

指を向けて、念を送る。

幹生は仰向《あおむ》けのまま、ズボンを膝まで下ろした。

ブリーフが濡れていて恥ずかしかったから、それも脱いだ。

ぶるんっと、チ×ポが弾みながら外に出た。

梨奈は真っ赤になって目を逸《そ》らしながらも、ハアハアと息を荒らげて、ついにはじっと勃起を見つめてきた。

「ああんっ……ワナビーのくせに、なんかすごいっ……やだ、ピクピクして、先っぽからいっぱいオツユが垂れてる」

瞳がさらにじゅんと潤んでいる。

（これは俗に言う、女の人が欲しがっているという状態じゃ……うっ！）

梨奈の手が、おそるおそる勃起の根元をつかんだ。

（う、うわっ……梨奈ちゃんっ……ホントに触ってるよ……くううう……）

女の子の細い指で触られて、くすぐったいようなむず痒《がゆ》さが、身体を駆け抜けていく。

あやうく暴発しそうになり、幹生は腰を浮かせて奥歯を噛みしめる。

「なんなの、その顔……」

梨奈は耳まで赤くしながらも、肉茎を握る手をゆっくりと前後に滑らせはじめてくる。

「気持ちよさそうな顔をしちゃってぇ……やっぱり、童貞くんなのね」

さらに表皮をこすってくる。

甘い刺激に身体がブルブルと震える。

見ればネチョとしたガマン汁が、チ×ポを握る梨奈の手を汚している。

「あん、もうっ……すごい出てるよお……ハアハア言っちゃって……気持ちいいのね、ヘンタイのくせにい……」

梨奈がこちらを見つめながら、ゆっくりと手を動かしてくる。

目線を下にすれば、ブラウスの襟ぐりから深い谷間が見えていた。

白くて、マシュマロみたいなふくらみだ。

薄ピンクのブラジャーまでも、バッチリと見えている。

（ああっ、梨奈ちゃんのブラ……フルカップでかわいいデザインだ。ギャルなのに、かわいいのが好きなんだな）

「ちょっと……ああっ、また梨奈のおっぱい見てるのね」

「えっ、ああっ……ごめんなさい」

とっさにまた謝ってしまう。

いじめられっ子の哀しい性《さが》だ。

しかし、梨奈は少し考えるようにしながら訊いてきた。

「見たいの？」

「えっ……？」

「梨奈のおっぱい、見たいのって訊いてるの！」

シゴきながら、梨奈が真っ赤になって見つめてくる。

もう幹生はなにも言えず、ただ、こくっとだけ小さく頷いた。

「誤解しないでっ。これはお仕置きなのよ……今、あんたのオチ×チン、手の中でビクッとしたわ……梨奈の胸の谷間を見たからでしょう？　おっぱい見せて、射精させてあげるわっ。男の人って射精したあとは、つらい気分になるんでしょう？」

つらいというか、なんでもよくなる賢者タイムだ。

というよりも、その前に腰が抜けるほどの天国が待っているのだが……。

男に対する知識の偏りがおもしろいなあ、と思っていたら、梨奈は馬乗りになって自分のブレザーを脱ぎ、白いブラウスに手をかけて、ボタンをはずしはじめた。

(おお……！)

ブラジャー越しのおっぱいが現れる。

さらにだ。

こちらをうかがうように見てから、

「恥ずかしいけど、お、お仕置きのためよね……」

と、震える両手を背中にまわして、ブラのホックをはずす。

とたんにブラジャーがくたっと緩み、真っ白いおっぱいがぷるんと揺れ弾んで、目の前で露《あらわ》になる。

「……！」

はじめてのナマおっぱいに、身体が震えた。

しかも夢にまで見た美少女の、推定Fカップのバストである。

(う、うわ……うわあああ)

梨奈の身体が華奢だから、大きなおっぱいが身体の横にハミ出ている。

しかも、こんなにおっぱいが大きいのに、下乳がしっかりとまるみをつくっていて、重たげにぷるるんと震えている。

乳輪はかなり大きい。

乳首と乳輪の色は赤みが濃くて、白い乳肉とのコントラストが異様にエロかった。

「大きいっ……ああ、それにまるくてっ……すごいっ」

興奮しながら言う。梨奈は満足げだ。

「ンフフ。梨奈のおっぱい気に入ったみたいね、童貞くん。じゃあ、梨奈のおっぱい味わいなさいよ。これから射精させてあげるから」

(え？)

梨奈の言う「味わう」ってなんだ、と思っていたら、

(うわわわわ……)

幹生は息をとめた。

梨奈が自分の乳房をそのまま肉棒に押しつけて、乳房でムギュッと挟みこんでしまったのだ。

(これっ、パ、パイズリってやつだ。まさか、おっぱいでチ×ポをこすってくれるな

んてっ）

「あんっ……いやだ、オチ×チン、熱いっ」

重たげな乳房が、下腹部の上にある。

むにゅうとやわらかく、あったかい乳房にチ×ポが包みこまれている。

生まれてはじめての感触に、頭がおかしくなりそうだ。

「くうっ……や、やわらかくてっ……ぷにぷにしてるぅ」

暴発しそうだった。

それでもなんとかぎりぎりまでたえて、マットに仰向けのまま、上体を起こして下半身を見た。

亀頭部がおっぱいから、ちょこんとハミ出ている。

先端はもうガマン汁でべとべとだ。梨奈のおっぱいも、いろんな体液でぬめ光っている。

おっぱいを犯してるんだという気持ちが、甘い陶酔に拍車をかける。

「はあんっ……ドクドクしてるっ……ちょっとお、少し大きくなるの、ストップさせなさいよ。こんなに熱いのおっぱいで挟んでたら、私……」

うっとりと言いながらも、梨奈はこちらをちらりと見てから、恥ずかしそうにして頬を窄《すぼ》めた。

（えっ……なに……うわっ……）

梨奈の小さな口から、泡のようなツバがツゥーッと垂れ、チ×ポに垂らして、おっぱいで引き伸ばしはじめたのだ。

「こうしないと、シゴけないものね……たっぷりとおっぱいでシゴいてあげるわ」

梨奈が笑いながら、

「くうううっ……うう」

衝撃的すぎて、見ているだけでイキそうだ。

ふわふわしたおっぱいで挟まれるだけで天国なのに、温かい梨奈のツバで、ねちゃ、ねちゃと表皮を刺激され、甘い陶酔が一気に尿道口に押しよせる。

「くうっ、り、梨奈……じゃなかった、麻生さんっ……ああっ」

「梨奈って呼んでいいわよ。童貞くんは、そう呼ぶほうが興奮するんでしょう」

「は、はひ……じゃあ、梨奈ちゃん……」

「幹生くん、私も呼んであげるわ、幹生くんっ、幹生くんっ……ああっ、オチ×チンがビクビクしてきた。名前を呼んだくらいで、バカみたい。でも、名前で呼ぶっていいわあ。もう恋人同士みたいっ……ほうら、恥ずかしいでしょう？」

そう言いながら、グイグイとおっぱいでシゴいてくる。

（な、名前で呼んでくれた……しかも、恋人同士って……）

天国だった。もう出そうだった。

その反応に気づいたのか、かわいいギャルがパイズリしながら、上目遣いで見つめてきた。

「ねえ……キッすぎない？　挟む感じはこれでいいの？」

「は、はいっ、すごく気持ちいいですっ」

「そうなんだ。ああんっ……いやらしい顔してるう……童貞のヘンタイくん」

梨奈はとろんとした目で見つめながら、淫靡な笑いをする。

仕方なく、なんて感じではなくて、気持ちよくさせたいっ……そんな情熱的なシゴきかたに幹生の愉悦がギリギリを超えていく。

「くうう。梨奈ちゃんのおっぱいっ……気持ちいい……」

腰が震えて、力が入らなくなってくる。

尿道口からドクドクと噴きこぼれる先走り汁が、梨奈のツバと混じって、ねちゃねちゃと音を立てる。

「あん、もう……汚いのが、いっぱい出てるっ……梨奈のおっぱい、汚されてるっ」

梨奈は乳房で挟みながら真顔になると、なにか決意したように勢いよく亀頭に唇をかぶせてくる。

「れろおっ……んちゅ……んちゅぅ……」

「えっ、えええっ……あああ……!」

あまりの気持ちよさに、意識が飛びそうになる。

パイズリしながら、飛び出た部分を咥えられた。フェラチオだ。

(な、舐めてるっ、僕の汚いチ×チンを、梨奈ちゃんのかわいいオクチで)

パイズリにフェラチオ。

至福だ。

これ以上の至福なんかないっ。

童貞なのに、こんな最高級のワザを出された。

温かい口とおっぱいに包まれて、もう死んでしまいそうだ。

「ん、んちゅう……ンッ……ンッ……んはっ、なにうれしそうにしてるのよっ。あんた、オクチで咥えられるどころか、キスなんかも初体験なんでしょう? 童貞くんなんだから」

切っ先から口を離し、梨奈が言う。

「は、はひ……そうですっ」

「ファーストキスの相手が梨奈なのね……ウフフ。うれしいわ……頭に刻みこまれたでしょう。今度から誰かとキスをするたびに、幹生くんは梨奈のこと思い出すのよ。ああっ、すごいお仕置きっ」

(いや、むしろ、ご褒美だよ。梨奈ちゃんが初キスの相手なんて)

というのは、もちろん黙っていた。

梨奈は目の下を赤く染めて、また咥えこみ、じゅぽっ、じゅぽっと顔を打ち振った。おっぱいでムギュッと竿を刺激され、先端は口と舌で愛撫されている。

(こんなの、もうガマンできないっ!)

「ああ、り、梨奈ちゃん……で、出ちゃいそうっ」

腰を震わせ、情けない声で訴える。

梨奈が勃起から口を離し、見つめながら汗ばんだ額を手の甲で拭い、続けて前髪をかきあげる。

「ウフッ。情けない顔ね。そんなに気持ちよかったのね。じゃあ、もっとしちゃおうっと……んぶっ、じゅぷっ……じゅるるるる……」

梨奈は舌を使いつつ、口に唾液をためたまま吸いあげてくる。

（うわっ……うわわ……）

ざらついた舌がカリ首を舐め、おっぱいがキュッと締めつけられて、汗と唾液をしたたらせてシゴかれる。

童貞にはたえきれない。

「くうう……で、出るっ」

「うぷっ……いいのよ、幹生くん。いつでも出して。射精した情けない顔を、梨奈だけに見せるのよっ」

梨奈がついに甘えてきた。

眉間に悩ましい縦ジワを刻んだ色っぽい表情で、また舐めてくる。

もう限界だ。

「く、くぅぅ……で、出るっ……」

腰がふわっと浮いて、力が入らなくなる。

じわあっと切っ先が熱くなって、おしっこのように鈴口から、たまった精液が一気に梨奈の口の中に放出される。

どくん、どくんっ……。

びゅるっ……びゅるるるる……っ。

「んぷっぅ！　んんんんん」

　梨奈は睨みつけてくるものの、勃起から口を離さなかった。

（うわっ。梨奈ちゃんのオクチの中に……すごい量のザーメンが出ちゃったよお……あんな汚いものを……）

　殺される……。

　と思っても、初の口内射精の征服欲と気持ちよさには、かなわなかった。

　腰をひくつかせ、最後の一滴まで放出する。

「んんっ……んんんっ……」

　目を白黒させた梨奈は、大きな目をギュッとつむり、やがて、ごくっ、ごくっと喉を動かした。

（の、飲んだっ……僕の生臭い精液を……）

　精液を飲むなんて、アダルトビデオの中だけだと思っていた。

　それがまさか、同じクラスのAランクギャル美少女に飲ませるなんて。

「んんっ……なんなの……精液って苦くて、生臭くて……うぇっ、喉にひっついて、ああんっ」

「は、はじめて飲んだの？」

「そうよ……あんたが飲んでほしそうだったから、飲んだの！」

つらそうにギロッと睨んでくるも、美少女は「ふうっ」と息をついて、

「次のお仕置きもしてやりたいけど、時間がないし……ウフフ。気持ちよさそうな情けない顔、見ちゃったわ。恥ずかしいでしょう？」

と、ショートヘアのギャル美少女が、バンビみたいなクリッとした目を細めて、うれしそうにしている。

（これはもう完全に催眠にかかったな）

いよいよ欲望のままに、小麦色の美少女を自分の好きなようにできる。

幹生は心の中でほくそ笑むのだった。

4

（ハア……なんなのよっ、もう……）

梨奈は家に帰ってきてからもずっと、下腹部の熱い疼きにさいなまれていた。

はじまったのは今日の四時間目から。

なにかを口に入れた記憶がない。

それでも、どうも口の中がねばねばして、何度うがいをしても生臭い感じがとれないのだ。

しかもだ。

「須藤になにかされたんじゃないの？」

と、友達に言われて、梨奈は不思議に思った。

今朝、制服のスカートの中をのぞかれて、頭にきて顔面を踏んでやった。

そこから須藤幹生とは、話した記憶などないのに、

「ふたりで教室から出ていったけど」

と、クラスメイトたちはおかしなことを言うのである。

（なにもあるわけないじゃないの……あんなゴミみたいな男となんか……）

それに、

——幹生くんは最低だけど、そんな悪いことをする人じゃないわ。

そうだ。

——彼は頼りないけど、すごく純粋な人なんだもん。

頭の中で、幹生の存在が大きくなってくる。

（あっ……また……やだっ……アソコが……）

梨奈は部屋に鍵をかけ、ブレザーを脱いで、ベッドに横になった。

全身が火照って、おっぱいの先や恥ずかしい場所がジクジクと疼いている。

（ああん……）

梨奈はベッドの上で仰向けになり、ミニスカートをまくってショーツを下ろす。

クロッチのところに、クリーム色に濁った愛液がこびりついていた。

（……うそでしょ、こんなに濡れて……）

梨奈はカアッと顔を赤らめた。

恋人との性行為でも、これほど濡れたことはない。

（……いやっ……私の身体、どうして……）

アソコだけでない。乳房の疼きもひどくなっていた。

梨奈はおそるおそる、ブラウスの上からかすかに胸を揉んでみる。

「あうっ……」

ビクンと身体が震え、乳首が熱く疼いた。

（こんなこと……きっと、幹生くんを思い浮かべたから……）

とまどいつつ、ブラウスのボタンをはずして、薄ピンクのブラジャーに包まれた大きなふくらみを露出させる。

冗談めいて自分で揉んだこともあるが、ここまで本気で触れたくなったのは、はじめてだった。

身体は汗ばんでいて、腋窩《えきか》に汗ジミができている。

おそるおそるブラジャーをはずして、巨大なバストを揉みしだく。

「ああっ……」

息を荒らげながら、さらに張りつめている乳首をつまんだ。

「あああんっ！」

梨奈は背を浮かせるほど大きくのけぞり、甘い声をあげる。

（だめっ……ママに聞こえちゃうっ）

階下には母親がいる。

梨奈はとっさに指の背を噛んで、空いたほうの手で乳首を弄《いじ》くった。

「ムゥゥ！」

おっぱいの先から甘酸っぱい痺れがひろがっていく。

（こんなになったこと、ないっ……）

恋人との性行為でも気持ちよくなかったし、それなら手をつないだり、キスしたりするほうが気持ちよかった。

それなのにだ。
「んんっ……」
乳首を引っぱると、熱い潤みがワレ目の奥からトロリと垂れた。
(ああんっ、どうしよう……気持ちいいよお……)
せつなくて、眉根をよせて涙目になる。
疼きがひどくなり、ヒップを恥ずかしいのにくねらせてしまう。
「あっ、はあっ……んんっ……」
左手で口を押さえているのに、熱い声がひっきりなしに漏れる。
梨奈はおそるおそる、はしたない蜜をこぼしているワレ目に指で触れた。
「んんんッ……」
身体に電流が走り、腰がビクッとした。
指でぬかるみをこする。意識が甘く、崩れていく。
(いけないのにっ……こんなはしたないこと……)
なのに、クチュクチュという音をさせ、指でアソコをなぞってしまう。
(幹生くん……)
甘い愉悦の中で妄想するのは、なぜか恋人ではなくあの男だ。

幹生のことを妄想しながら、亀裂の下にある膣穴に指を入れた。
「ぁあぁッ」
せつないところに触れて、腰が跳ねた。
アソコの中はもうぐちゃぐちゃで、指を入れると、キュッと媚肉がざわついた。
(私の恥ずかしい部分、すごくエッチになってる……)
両脚を恥ずかしいほど大きく開き、指を出し入れする。
ぬちゃ、ぬちゃといやらしい音が響き、頭の中がとろけていく。
(あああ……すごく濡れちゃってるっ……オツユがどんどんあふれちゃう……)
目尻に涙が浮かぶ。
ゾクゾクして、腰が物欲しそうに動いてしまう。
「はああ……だ、だめっ……これ以上はっ……」
膣に指を入れながら、親指が上部の肉芽に触れた。
「はううんっ」
気持ちよすぎて、目の奥がちかちかした。
(こ、これ……すごいっ……クリトリスって……こんなに……)
指の出し入れと、クリトリスのなぶりがとまらない。

（ああんっ……な、なに……だめっ……おしっこ、出ちゃいそうっ）
排泄の欲求が強くなる。このままではお漏らししてしまう。
「あああっ……なんか出るっ……だめっ……あああんっ……なにかくるぅぅ」
ぐうっと指を深いところまで挿入したときだった。
「ああんっ……ハアアアアッ……」
腰がガクンガクンとするのをとめられない。
意識がなくなり、身体が宙に浮いた。
気がつくと、ベッドの上でハアハアと息を荒らげて、ぼうっと天井を見ていた。
（これ……なに……いま、私……おかしくなっちゃった……）
近くにあった鏡を見る。
栗色の巻き髪に、大きな目。うっすらと小麦色の丸顔。
そのいつもの顔が、見ていられないほどいやらしくなっていた。
まるで、自分が自分でなくなったような……。

第二章　かわいいギャルのお掃除フェラ

1

（すごかったなあ……梨奈ちゃんと初キスに初フェラ……）

幹生は部屋のベッドに横になって、夢のような出来事を思い返している。

あのギャルでかわいい梨奈が、自分の口に唇を押しつけてきた。

ぷるんとした感触と甘い吐息。

舌の感触と、ツバを混ざり合わせる背徳感。

（キスってすごい。どんどん梨奈ちゃんのことを好きになる。心がもっていかれるんだなあ）

さらにだ。

推定Fカップのバストをさらし、チ×ポをシゴいてくれた。

（おっぱい……想像以上にキレイだった。大きくて美乳で）

さらには、まさかのまさか……チ×ポを咥えられた。

（あれがフェラチオ……口の中で勃起がとろけそうだった。梨奈ちゃんのかわいい口の中に汚いチ×ポが出入りして……見た目でイキそうになっちゃった）

すぐに暴発しなかったのは、もう奇跡だ。

「ああっ……梨奈ちゃんっ……梨奈ちゃんっ……」

幹生は枕を抱きしめて腰を振る。

精液を飲んでくれたことにも心が震える。

たとえ、それが催眠の効果であってもだ。

次の目標はセックス。かわいい梨奈で、童貞喪失だ。

「くううう……梨奈ちゃんと初セックス……」

しかし、ちょっとだけ複雑な気分もある。

梨奈には経験がある、ということだ。

まあ、あるよなあ、とはなんとなく思っていたのだが、躊躇《ちゅうちょ》なく男性器を咥えられたことで、確実に男がいるとわかった。哀しくなった。

(よし……こうなったら)

その男と別れさせて、梨奈を奪うのだ。

どんなふうに梨奈に催眠をかければ、うまくいくのかをぼうっと考える。

梨奈攻略。かわいいギャルを見事に征服できるかどうか。

ゲームみたいで楽しくなってきた。

そうだ。梨奈に新しく性教育してやろう。

自分に都合のよい、性のプログラムを……そうだ……催眠によって自分好みに、あの美少女を作り替えるのだ。

そんな妄想をはじめて、まもなくだった。

コンコンとドアがノックされた。

2

「お兄ちゃん、ご飯」

岬の声だ。

（お兄ちゃん？）
岬はすでに催眠を解いたはずだ。いつもの岬は「お兄ちゃん」と呼ぶことはない。
不審に思い、ドアを開ける。
岬がジロッと睨んでくる。
「返事してよね、お兄ちゃん。ママが降りてきなさいって」
「お、おう……」
岬が楽しそうに、階段を降りていく。
（ふ、普通だ！）
今朝、催眠を解いたとき、いつものゴミを見るような目に戻っていた。
それなのに今は。
子どもの頃、兄である幹生を好いていたときの岬である。
（久しぶりに、お兄ちゃんって聞いたな……）
しかもだ。岬の格好が珍しく無防備だった。
着ていたのは、もこもこしたショートパンツと、薄手の長袖Tシャツ。
（ぜんぜん僕を警戒してない格好だったな……）
階段を降りてダイニングにいくと、岬がテーブルについてハンバーグらしきものを食べている。

いっしょに夕飯を食べるなんて、何年ぶりだろう。

幹生はおそるおそる、岬の隣に座る。

岬の横顔を見た。

わが妹ながら、やはりアイドルみたいにかわいい。

中学ではかなりモテているというから、ひいき目でもないだろう。

「なに？　私の顔になんかついてる？」

岬がクリッとした目を向けてくる。

「えっ、い、いやっ……別に」

「へんなお兄ちゃん……あっ、そうだ。あとで、スマホの設定してくれない？　なんか表示が出なくなっちゃって」

「へっ、ああ……いいよ」

「やった」

岬がニコッとした。

幹生は母親と顔を見合わせる。

「ねえ、岬ちゃん、どうしたの？」

母が訊く。

「なにが？」

岬はきょとんとしている。

食べ終わって部屋に戻ると、本当に岬がスマホを持ってやってきた。

ヘアピンで前髪をとめ、おでこを出したヘアスタイルがなかなかかわいい。

幹生はベッドの上で座りながら、スマホを操作する。

「あっ、岬、パスワード」

解いてもらおうと岬に返すと、

「５６４７」

と、さらりと言ってきて、幹生は驚いた。

（パスワードまで教えるなんて……催眠は解いたはずなんだけど……どうしてこんなに好意的なんだ？）

考える。

ああ、と思った。直接、聞いてみればいいのだ。

「なあ、岬」

「なあに」

岬もベッドにあがってきた。

幹生は人さし指を岬に向ける。

「僕の言うことにうそは言えない。無意識でも……だ」

岬の目が一瞬白くなる。

しかし、すぐにきょとんとして、なにごともなかったように、ニコニコして見つめてくる。

「あのさ、なんでこの前まで、僕にひどいこと言ってたんだ？」

岬は一瞬、言葉につまるも、

「そ、それは……なんかいやになっちゃって……なんか、感覚的に汚いものに見えちゃうんだよね。なにをしてても、ムカつくっていうか……」

思春期って、そういうものなのか……。

がっかりしながら、岬の話を黙って聞く。

「でもね、昨日からかなあ、どうしても逆らえないの。どんどん頭の中で、お兄ちゃんのいいところばかり探すようになってきちゃって、今はすごく好き」

「好きって……そうなのか」

「うん……」

催眠術は解いたはずなのに、この反応はなんだ？

（もしかして……あの催眠術って、心まで変えていっちゃうのかな……）

これは調べてみないとな。そんなことを思っていると、岬がモジモジしながら口を開いた。

「でね、もっと言うと……ああんっ……お兄ちゃんと、本で見たようなエッチなことしてみたいの……」

岬は「いやあんっ！」と真っ赤な顔を振った。

「えええ！」

啞然《あぜん》としていると、岬が迫ってきた。

「あのね、でも……兄妹だから、赤ちゃんができちゃうようなことはできないと思うの。私もしたことないし」

「あ、赤ちゃんって……当たり前だろっ」

（セックスを知ってるのか、中三のくせに……）

子どもだって思っていたのに、やっぱり成長している。

上目遣いに見つめられて、それが女らしい色気をまとっていて、ドキドキがとまらない。

「でも、お兄ちゃんも……その……女の人と、そういうの、まだなんでしょ」

「……まあ、そりゃあ……」

岬は「えへへ」と、はにかんですりよってきた。

「お兄ちゃんとイチャイチャしたいなっ……だからね……私の身体でよかったら、女の子の身体ってどういうものか、調べてみてもいいよ」

息がつまった。

(妹の身体を、童貞喪失の練習台に……)

思わず岬の身体を盗み見た。

ふくらみかけといっても、Tシャツの胸のふくらみは十分に女らしい。ショートパンツからのぞく太ももは細いけど、ムチムチとした、やわらかそうな肉づきを見せている。

「いいのか……?」

「うん、いいよ。そのかわり、お兄ちゃんのも見せてね」

妹が恥じらって、微笑む姿にキュンとする。

「じ、じゃあ……Tシャツを脱いで」

「うん……」

Tシャツに手をかけてから、岬はため息をつく。

「でも、やっぱりいざとなると恥ずかしいな……お兄ちゃんに、おっぱいを見られちゃうのって……」

かわいらしく言うと、岬は背をまるめながらも幹生の前でTシャツを脱いで、ノーブラのおっぱいをさらけ出した。

（おおっ、キレイだな）

こぶりだが、しっかりとお椀形の美乳だ。

「あんっ……すごい見てるっ……」

岬があどけない顔を桜色に染める。

梨奈と比べると、まだ子どもっぽいおっぱいだ。

ぷくっとしたふくらみの頂《いただき》に、ツンと上向いた薄紅色の乳首がある。

岬が「あっ」と小さく言って、ドアのほうを見た。

「ママにバレたら、まずいよね」

「そ、そうだな」

「布団の中でしない？」

岬が大胆なことを言う。

「あ、ああ……」

ドキドキしながら、布団をかぶる。

(うわあ……や、やわらかい……)

ぼんやりとした暗闇の中で、岬を抱いた。

背中からショーパンのお尻を撫でると、

「あんっ……お兄ちゃん……」

と、岬はハアハアと息をこぼしてくる。

(いけない気分が……ああ……)

甘酸っぱい匂いが布団にこもり、岬の甘い吐息が吹きかかる。

うすぼんやりのなか、岬の泣き出しそうな顔がある。

恥ずかしそうにして、それがまた幼いながらにも危うい色香をふりまいていて、妖しい気分が高まっていく。

岬が見あげてきた。

顔が近い。かわいらしく瞳が潤んでいるのが、布団の中でもわかる。

「お兄ちゃん……」

顔をよせると、岬が唇を合わせてきた。

「……うんんっ……んんっ……」

湿った吐息を漏らしながら、布団の中に籠もってキスをしていると、せつない気持ちが募っていく。

（ま、待てよ……）

唇を離して尋ねる。

「これ……もしかして、初キスか？」

「そうだよお……でも、いいのっ。お兄ちゃんとチューしたいもん」

言いながら、ギュッと目を閉じて唇を押しつけてくる。

（ああ……いいんだな……）

つたないキスの仕方が、健気さを伝える。

大人のキスを教えてみたくなった。

とはいっても、昼間、梨奈に学んだばかりのキスだ。

幹生は舌を伸ばした。

「んんっ……」

岬がビクッと反応して、驚いて唇を離した。

「お、お兄ちゃん……」

「いやだったら……」

「ううん……驚いただけ。いやじゃないよ。大人ってこうするんでしょ」

岬からキスしてきて、唇のあわいに舌を入れてきた。

（ああ、岬から舌を……）

すぐに、ねちゃ、ねちゃと唾液の音が耳にまつわりつく。

こちらも舌をからめていくと、岬はビクッとしてしがみつきながら、甘ったるい吐息を漏らしはじめる。

「ん……おにいひゃん……ちゅぅっ……んんんっ……ねろっ……」

兄妹で甘い唾液を交換し、背徳の口づけを続けていると、ますます心の中がいやらしい気持ちでいっぱいになる。

「あンッ」

岬が口を離して、見つめてくる。

「お兄ちゃんのオチ×チン……すごく硬くなって……触ってもいい？」

「いいよ……くうう！」

いきなり、ジャージの上からギュッと握られた。

「岬、もう少しやさしく……」

「ご、ごめんっ……あの……じかに見てもいい？」

「ええっ……まあ、いいけど」

許可すると、岬はずるずると布団の中で身体を下げていく。

すぐにズボンとパンツが下ろされた。

肉竿が布団の中の熱気に触れる。

さらに、小さな手がゆっくりと触れてきた。緊張しているのか、汗ばんだ手だった。

「あん……すごい……」

岬が布団から顔を出した。

「こんな大きいもの……女の人は、アソコに入れちゃうの？」

「うーん……入るんだよ、たぶん……」

「あん、お兄ちゃん……どうしよう。オチ×チン触ってたら、なんだか身体の奥がムズムズして……あんっ……さ、触って……私のおっぱい」

岬がとろんとした目つきで見つめてきた。

「えっ……触ってって……」

だめだと思うのに、とまらない。

幹生は妹の小ぶりのおっぱいをやさしく揉み、チュッと口をつけると、

「きゃううんっ……」

と、岬は甲高く泣き、ビクンと腰を浮かせてみせる。

「だ、大丈夫か……」

「あっ、う、うん……おっぱい、こんなに気持ちいいなんて……あんっ……どうしよう……おっぱいの先が、張ってきちゃってるよお」

明らかに、岬がとまどっている。

(なんて感じやすいんだ……)

「お兄ちゃん、も、もっと強くしてみて」

「えっ……これくらい？」

岬の乳首をつまんでキュッとひねる。

「ひゃあああんっ」

ビクッ、ビクッと岬が痙攣した。

もうたまらなかった。

母親に聞こえるかもしれない。

そんなスリルすら、興奮に拍車をかけてくる。

「岬、下も見せてッ」

「ええ？　う、うん……いいよ……」

布団がずれるのもかまわずに、幹生は岬のショーパンとショーツを脱がせて、大きく脚を開かせた。

（うおお……！）

はじめてナマで見た。

（これが……おま×こ……うわあああ、これが……）

薄い恥毛の舌に、小さなスリットがある。

少し盛りあがった肉の狭間《はざま》に、ピンクのビラビラがハミ出ていた。

インターネットで無修正を見たことがあるが、それはもっと黒ずんでくしゃくしゃだった。だけど岬のはしわがなくて、キレイな花びらみたいだ。

「あんっ……いやっ……お、お兄ちゃん……こんなのいやっ……恥ずかしいよお」

「岬、おまえ……濡らしてるぞ……」

濡れていると言うと、岬はハッとした顔をして、

「わ、わかんない……えっ……濡れてる？」

と、赤い顔を見せる。

驚いた。ワレ目はハチミツのような透明な愛液で、濡れ光っている。

中学生でも濡れるのだ。

「うん。ほら……岬が感じた証がこんなに……」

言いながら、かわいらしいおま×こに舌先をつけた。

「はううう……お、お兄ちゃん、それだめぇぇぇッ」

岬が腰をバタつかせて逃げようとする。

その細腰をつかんで、さらにねろねろとワレ目を舐める。

本能だった。

シタことないのに、女のアソコを舐めたくてたまらないのだ。

「いやっ……舐めるなんてっ……そんなの……あっ……いやっ……あああっ」

両脚を開いた恥ずかしい格好のまま、ビクッ、ビクッと岬が全身を震わせる。

舌先にピリッとした味がまつわりつく。

魚みたいに生臭く、味もキツいのに、もっと舐めたくなって、幹生は夢中で舌を走らせる。

「はあううんっ……ううんっ……あんっ……あんっ……お兄ちゃん……」

岬の声に、いよいよ女の媚態が混じってきた。

（ああ、感じさせている……女の子を……妹だけど、処女の子を感じさせたんだ……
ああ、もうしたいっ……入れたいっ）
無性にドキドキして、ヤリたくなってしまった。
おま×こがここにある。
しかも濡れていて、受け入れ態勢もできている。
岬を自分のものにできる。
中学三年生はもう大人の女だ。
そう思ったら、ますますチ×ポがひくついた。
幹生は少し上方の突起に口をつけた。
「あうぅ！」
岬が目を見開き、ベッドの上で大きく跳ねた。
「お、おいっ……声が聞こえるぞ」
幹生は慌てて、岬の口を手のひらで塞いだ。
「ムゥゥ！」
岬がつらそうに見つめてくる。
（ほ、欲しがってる……）

もう理性が飛んでしまった。

中学生の妹の、小さな穴に向けて怒張を突き出した。

「ンンッ……」

岬が悩ましく呻いた。

「み、岬……僕っ……だめだ……もう入れるよ……」

小声で言うと、岬が小さく頷いた。

切っ先が岬のワレ目に当たり、ちゅくっと淫靡な音が弾《はじ》けた。

(ああ、入る……岬の中に……妹で童貞を喪失する……岬も処女なのに……ごめんっ、僕が最初の男で……)

そのときだった。

階段を誰かがあがってくるような音がして、幹生は岬と顔を見合わせた。

3

翌日の朝。

(危なかった……)

昨晩のこと。

あと少しで、妹の岬とエッチしてしまうところだった。

催眠術の威力はすさまじい。

朝なんかもう、岬は母親の見てないところで、チュッとキスしてきたり、チ×ポを触ったりして、イチャラブをしかけてきた。

このままだともう今日にも、セックスしてしまいそうだ。

(それだけはヤバい。なんとか理性を保たないと……)

ちょっと怖い気がした。

催眠術を使うのは慎重にしないとなあと思いつつ、教室に行って席に座る。

机の中から黴《か》びたパンやらゴミくずが出てきて、幹生は呆然《ぼうぜん》とする。

「わるい、ゴミ箱だと思ってさ」

いつの間にか白浜と、その仲間の青木《あおき》と岡田《おかだ》がからかいにきていた。

白浜はジャック、青木と岡田はパンピーだ。

青木がなれなれしく、首に手をまわしてきて小声で言う。

「おい、ワナビーくんさあ、昨日、琴音ちゃんと口をきいたらしいな。で、梨奈ちゃんのスカートの中ものぞいたんだって?」

「い、いや……そんなこと」

「ちょっと、つき合えよ」

いやだが、逆らうことができない。

バカみたいだと思うのだが、従わなければ、教師も逆らえない姫野恵里香から、どんな仕打ちが待っているのかもわからない。

三人と教室を出て、廊下を歩いていると、前から梨奈が歩いてきた。

いつものミニスカ制服に、ギャルっぽくかわいらしい丸顔。

(梨奈ちゃんっ……)

助けてほしいと、念をこめて見つめる。

だが梨奈は、幹生と目を合わせると、恥ずかしがりはするのだが、顔をそむけてしまった。

(あれ……岬みたいに完全じゃないんだな……まいったな)

どうしよう、と思っていると、梨奈は瞬《しゅん》と白浜を名前で呼んだ。

(えっ、なんで梨奈ちゃんが白浜を名前で呼ぶの？)

幹生が不思議そうに見ていると、白浜は梨奈によっていき、栗色のショートヘアをなでなでする。

（まさか……梨奈ちゃんのカレシって、白浜？）

幹生は眉をひそめた。

この感じは、友達ではない。それくらいは童貞でもわかる。

「俺、梨奈と教室に戻るからさあ、ふたりで適当にそいつ、シメちゃって」

白浜が言うと、青木と岡田は、

「まじかよお」

と、文句を言いながらも、幹生を連行しようとする。

ショックで目の前が揺れる。

今まではどうでもいいと思っていたが、いざ梨奈を手に入れたいと思ったら、白浜に強烈な嫉妬心が芽生えてきた。

「なんだよ、その目……ははあ、おまえ、梨奈ちゃんが好きだったんか」

青木が煽《あお》ってくる。

「身分が違うんだから、勘弁してくれよ。ワナビーと梨奈ちゃんなんか、釣り合わねえからさあ」

岡田も言い、ふたりでけらけら笑っている。

白浜はこちらを見ると、ニヤッと勝ち誇ったように笑い、次の瞬間、梨奈の唇を強引に奪う。

（ああっ……！）

幹生は呆然とした。

「いやっ、もう……瞬……こんなところで……」

梨奈は顔を赤くして唇を離す。

白浜がニヤニヤしている。

（くっそ……梨奈ちゃん、なんでこんなヤツと……別れさせてやるっ）

幹生はふたりの手を振りきり、梨奈に人さし指を向ける。

（梨奈ちゃん、お仕置きだ……恋人は白浜なんかじゃない。僕だ。僕が好きで好きでたまらなくなる）

梨奈の動きが一瞬とまり、目がくるんっとまわる。

もう何度も催眠術をかけているからわかる。

かかったのだ。

（や、やった……遠くからでも催眠かけられるんだ）

ニヤリと笑うと、青木と岡田が「なにしてんだ、今の？」と首をかしげた。

「待って」

梨奈が呼びとめ、こちらに来た。

「この人、どうしたの？」

彼女は青木に訊く。

「えっ……それは……こいつが梨奈ちゃんの……その……下着を見たり、琴音ちゃんとしゃべったりしたからさあ、調子づいてるから、ちょっと教育しないとなって」

「私がやる」

「え？」

白浜もよってきた。

「なに言ってんだよ、梨奈。こいつのことなんか……」

「いいの。ほっといてッ。私がやるの！」

梨奈がすごむ。

整った顔立ちの梨奈が怒ると迫力がある。

白浜もタジタジになった。

「わ、わかったよ……おい、いこうぜ」

三人が不思議そうにこちらを見ながら、教室のほうに向かっていく。

「いこ、幹生くん」

見えなくなると、梨奈は幹生の手を取って、廊下を歩いていく。

(うおっ……おっぱいが……)

すれ違う生徒がいるにもかかわらず、梨奈は左腕に腕をからめてくるので、ブレザー越しの胸のふくらみがギュッと押しつけられていた。

ドキッとして梨奈を見れば、彼女は「ウフフ」と笑って、まるで恋人同士のようにさらに身体をよせてくる。

「あ、あの……すれ違う生徒が、みんな見てるけど……」

「いいもん、別に。幹生くんは梨奈がこうしているの、いや?」

「い、いやじゃないけど……」

すれ違う男たちの目が、みんな羨《うらや》ましそうだ。

アイドルみたいにかわいい子と、腕を組んでいるのだから当然だ。

(こ、これ、陽キャだ!)

女にモテるという、優越感とステータス。

勉強やスポーツができるよりも、はるかに満足感がある。

じーんと感動しながら歩いていると、梨奈に連れられてきたのは、校舎の端にある保健室だった。

「この時間だと、先生いないから……たまにここで寝てるんだっ」

梨奈がそのクリッとした目で、ニコッと笑いかけてくる。

さっき白浜に見せた表情とは違って、キュンとするくらいかわいい。

中に入ると、梨奈がいきなり背伸びしてキスしてきた。

「んっ……んんっ……」

当然のように舌を入れてくる。

幹生も目を閉じて、美少女の甘い舌の味を楽しみながら、ねちゃ、ねちゃと激しい音を立ててディープキスに興じる。

「ごめんね、幹生くんにいやな思いさせて」

口づけをほどき、潤んだ瞳で梨奈が見つめてくる。

「えっ……いや、まあ……」

「これからは私が守るから、心配しないで……ね」

ギュッと抱きしめられた。

甘い匂いとやわらかな肉体に、一気に理性が離れていく。

昨晩の岬は寸止めだった。

だから今はもう、女の子とヤリたくてたまらない。

幹生は興奮しながら制服のプリーツミニスカートをまくり、梨奈のショーツ越しのふくよかなヒップを撫でる。

梨奈は「あんッ」とかわいらしい声を漏らし、大きな目で睨んでくる。

「あんっ。だめえっ……エッチなことは……これから授業でしょ」

「キスなんかされたら、とまらないよ。それに、昨日は授業中でもしたくせに」

「あんっ……だって、昨日のはお仕置きなんだもん」

「じゃあ、今日は僕のお仕置きだよ。僕を放っておいた罰。梨奈ちゃんは僕の好きなようにされちゃうんだ」

いやらしいことを口にする。

梨奈は黒目がちな双眸をうるうると潤ませて、息を荒らげていく。

「そんなあ……幹生くん、梨奈にすごいエッチなことさせる気なんでしょ……ああんっ、もうヘンタイなんだからあ」

舌足らずな甘い声で非難しつつ、しがみついてギュッとしてくる。

(す、好きなようにしていいんだ……こんなかわいいギャルを……そうだよ、あんな白浜なんか……やり直しだ。僕好みになるように、性教育してあげる)

カーテンの向こうにベッドがある。

上履きを脱ぎ、ふたりでブレザーも脱いでベッドにあがり、梨奈を組み敷いた。

美少女ギャルの目が、とろんとして色っぽくなっている。

小麦色の肌がかわいい童顔によく似合っている。

梨奈の唇を貪《むさぼ》り、舌をからめあうと、もう梨奈はもどかしそうに腰をゆすりはじめた。

(さ、触ってほしいのかな……?)

幹生は右手を差し入れて、意外にムッチリした太ももを撫でつつ、さらに奥へと忍びこませていく。

ショーツのクロッチに指が触れる。

「ンンンッ……だめっ……」

キスをしていた梨奈が、唇をほどいていやいやした。

「すごい濡れてるから?」

「ああんっ、言わないで……」

梨奈が目の下を赤く染める。

(よかった、岬で予行練習しておいて)

昨晩、岬の身体を見ていなかったら「女の子が濡らしている」という事実だけで、パニックになっていただろう。

恥ずかしいのかな……恥ずかしいなら、もっと辱めてみたくなる。

「だめだよ。自分で開いてみせて」

「え？」

「だから見たいんだよ、梨奈ちゃんのワレ目の奥を」

美少女ギャルの顔が、つらそうに歪《ゆが》んだ。

「ああ……はあ……」

熱い吐息をこぼしつつも、梨奈は起きあがって、ベッドの上で体育座りする。

「ホントに見たいのね……幹生くんのためだもん、あんっ……わかったわ」

恥ずかしいのだろう。

幹生をちらちらと見ながら、大きく両脚をひろげてみせる。

（ああ、ホントに僕の好きなようにできる……梨奈ちゃんはもう、僕のリアルオナペット だ……むおお！）

幹生は思わず身を乗り出した。

下半身を包むベージュのショーツが、秘められた部分を隠している。

派手好きなギャルにしては地味な下着だ。

ギャップを感じて劣情が高まる。

「ああんっ……これも脱ぐのね……」

梨奈はとまどいながらも、震える指でパンティをズリ下げ、爪先から抜き取った。

「ちゃんと見せてあげるから……ね」

梨奈は体育座りしながら、ゆっくりと脚を開いていく。

「あ、ああ……」

悲痛に呻きながらも、美少女が恥部をさらしている。

勃起が痛いほど硬くなる。

エロい下半身だった。

腰は細いのに、ヒップから太ももにかけての悩ましいまるみが充実していて、いかにも女らしい脂の乗りかただ。

「ああっ……すごいっ……」

岬よりも、いくぶん大人っぽいおま×こだった。

それでも無修正で見たおま×こより、ずっとキレイだ。

恥毛の下に、ぷくっとふくらんだ土手があり、果肉をちらりとハミ出させた、ワレ目が息づいている。

「見えないな。指で開いてよ……」

幹生がそう言うと、梨奈は目をつむりながら、人さし指と中指でワレ目をひろげていく。

スリットが開いていき、中のピンクの果肉がぱっちりと露になった。

「これがおま×こ……梨奈ちゃんの……」

思わず顔をよせて、匂いを嗅いでしまう。

もあっとした熱気の中に、甘酸っぱく湿ったような生臭さを感じた。

「あんっ……匂いなんて嗅いじゃダメ」

梨奈が指を離してワレ目を閉じる。

「だめだよ……梨奈ちゃん、開いて……もっと見せてっ」

幹生が必死に言うと、梨奈は「うー」と唇を嚙んでから、

「あ、ああ……もうっ……幹生くんったら……わかったから。開くから……」

梨奈はハアハアと熱い息をこぼす。

せつなげな吐息を何度もつき、うつむき加減で眉毛を震わせて、さらに紅潮した頰を羞恥でピクピクさせている。

女として、これほど恥ずかしいことはないのだろう。

それでも幹生の言うことには、絶対に逆らえない。

美少女は指を震わせて、恥丘をくぱぁっと押しひろげた。

「うわあっ……キレイなピンクだ……でも、なんだかいやらしいな、梨奈ちゃんのおま×こって」

「そんなふうに言わないで……あっ」

そのときだ。ぶるるっと梨奈の大股開きの腰が震えた。

膣穴から、どろっとした透明なオツユが垂れ落ちる。

生臭さがキツくなる。

「いやあん……！」

梨奈が顔をそむけた。

「ああ、いやらしいオツユだ……見られて、感じてるんだね？」

ドキドキしながら、梨奈に聞く。

美少女は顔をそむけながらも、正直に頷いた。

「梨奈ちゃんって、エッチなんだね」

「だって……学校の保健室だよ。こんなところでするんだもん……」

拗《す》ねたように、かわいいらしく言う。

「いやなの？　じゃあ、やめようかな」

そう言うと、ギャル美少女は目を開けて、いやいやした。

「やめないで……だって、幹生くんもシタいんでしょ……い、いいよ……だって好きなようにするんでしょ」

健気だ。ジーンとしてしまう。

あの生意気なギャルが、ここまで従順な姿を見せることに感動する。

「じゃあ、いちばん感じるのは、どこ？」

「んっ……こ、ここ……この小さなお豆……ううっ、クリトリスが感じるの」

梨奈が恥ずかしそうに答える。

「もっとよく見せて……」

幹生の指先が、ワレ目に触れる。

「あっ、あくぅん……」

すると、梨奈の上気した美貌が跳ねあがった。

「だめぇ……感じちゃうからあ……あんまりイタズラしないで……」

かすれ声で、梨奈が言う。

「イタズラって……まだ、ちょっと触れただけだよ」

さらにだ。

もっとも敏感な部位の、クリトリスに指で触れてみた。

「んくぅっ！」

梨奈は脚を開いたまま、腰をビクンと跳ねさせた。

「すごい……こんなに感じるんだ……」

知識だけはあったが、いざ実際に見るとすごい反応だった。

指先で軽くつまむと、梨奈は「あっ、あっ……」と背をのけぞらせて、喘ぎ声を漏らす。

「んぅ……だめっ……あぁっ！　敏感すぎるぅ……んっ、んぅぅ……」

梨奈はガマンしようとしているが、両脚が震えている。

「あっ、あっ……ねぇ、も、もう……わかったでしょ。だから、もう、終わりに……くぅ……ンンッ！」

ふたたび指でワレ目を上下にこすると、くちゅくちゅと蜜の音が立つ。

（こんなにとろとろに……）

もう、ガマンできなかった。

幹生は梨奈を押し倒し、ムチムチした太ももをすくいあげつつ、ワレ目に顔を近づけて、ねろりと舐めた。

「あんッ」

梨奈は美貌をのけぞらせて、女の声を漏らした。

「ンフ……かわいい反応っ。んちゅぅ……れろっ……れろっ……」

「ううん、いきなり舐めるなんてっ……ああんっ、そんなこと、ダメよっ……汗かいてるし、んんうっ」

強い酸味がピリッと舌を刺激する。

しかし、まったくいやな味ではない。甘露だ。

れろっ……れろっ……。ちゅく、ちゅくっ……。

「はあああっ……だめぇ……だめぇっ……」

美少女の声が、ひときわ大きくなる。

幹生は夢中で手を伸ばして、白いブラウスを盛りあげるふくらみを、ギュッとつかみつつ、陰核を集中的に舌で責め立てる。

「あっ……ああっ、だめっ……あああ、んんっ……あうん……！」

ゆたかなヒップから太ももにかけて、ぶるるっと震える。

「ああんっ、だめ……お願い、そんなにしたら、ああん……イッちゃうから……！」

（え？）

幹生は驚いて、顔をあげる。

梨奈はギュッと目をつむり、身体を強張らせて腰をガクンガクンと揺らした。

（す、すごい……こんなになるんだ……）

見ていると、すぐに梨奈はぐったりして、ゆっくり目を開けた。

「い、今……梨奈ちゃん、イッたの……？」

梨奈は恥ずかしそうにしながら、コクッと頷いた。

改めて見れば、シーツは濡れジミができるほどの愛液が漏れていた。

「これだけでイクなんて……感じやすいんだね」

「うん……でも、こんなのはじめて……」

幹生は「え？」と思った。

「あ、あの……白浜とは……？」

「瞬とシタことあるけど……イッたこと、一回もないよ」

「そ、そうなんだ……」

イカせたという事実がうれしい反面、白浜とセックスしていたという事実にがっかりする。

「もう二度と、僕以外としないでね」

「うん。もちろんだよ……幹生くんっ、大好きっ」

手を伸ばして、ギュッと抱きしめてきた。

幹生はニヤっと笑った。

支配した、という達成感を味わう。

「それとね、自分でするのも、ダメ。禁止」

「え？　自分でも……」

「そうだよ。ガマンして。そうしたら、僕と会ったときに、シタくてたまらなくなるでしょう」

「そうだよね。うん、もうしない」

素直なギャル美少女に、ジーンと感動する。

完全に自分好みのオンナに仕立てられる。ゲームの攻略といっしょだ。

梨奈がうるうるとした目で見つめている。

ショートヘアの似合う丸顔に、くりくりっとした大きな目がやけにかわいらしく見えて、ドキドキが高まる。

「僕もイキたいな……梨奈の中で……」

「あんっ、私も……もう欲しくてたまらないの……幹生くんのオチ×チン、入れてほしい……幹生くんのものにしてっ」

「ああ、梨奈ちゃん……するよ、ぜんぶ僕のものにするッ」

学園内でもトップクラスにかわいい子に、こんなことを言われたら、童貞はそれだけでイキそうになってしまった。

4

ベッドの上で、制服のズボンとパンツを脱いだ。

梨奈が勃起をうっとりと見つめてくる。

昨日はいやいや手コキさせたが、今はぜんぜん違う。

梨奈を仰向けにベッドの上に寝かせ、ブラウスのボタンをはずして、白いブラジャーをまくりあげる。

すでにピンク色のおっぱいの先がとがっている。

汗で濡れ光る大きな乳房を揉みしだき、乳首をギュッとつまみあげると、

「あんっ……ああんっ……」

梨奈が顎をせりあげて、身もだえする。

(ああ、僕が梨奈ちゃんを感じさせている……)

はじめてで、こんなにうまくいくわけがない。

おそらく催眠の力なのだろう。

でもそれが安心につながり、幹生は緊張しながらも、じっくりと梨奈のおっぱいを緊張しつつ弄《もてあそ》んだ。

「んっ、んんっ……あああんっ……」

ギャル美少女はのけぞりかえって、眉をハの字に折り曲げて、今にも泣き出さんばかりのエッチな顔をする。

(ううう、このエロい顔っ……すごい……)

ずっと見ていたいくらい色っぽい。

(よ、よし……もういくぞ、いっちゃうぞ!)

深呼吸して、精神を統一する。

まさか高校生で童貞喪失できるとは……。

しかもこの小麦色の肌のギャル美少女が、はじめての相手なんて……。

(一生の思い出だ。催眠、ありがとうっ)

幹生は梨奈の足下に膝を突き、震える手で両足をひろげさせた。

愛液の滴るワレ目に、張りつめきった切っ先を向けていく。

(で、できるかなっ……動画で練習したけど)

不安に思っていると、梨奈が手を伸ばしてきて、勃起を握って下に向けてくれた。

「んっ……ここ……」

ぽつりと言って、ニコッと笑いかけてくれる。

「ああ、ここなんだね。意外と下のほうなんだ……」

滾《たぎ》った穂先をワレ目に押し当てる。

たったそれだけで、

「ぁああんッ」

欲しかったのだろう。梨奈は甘い声を漏らす。

正常位で勃起を膣口に押しこむと、狭い穴が無理やりにひろがり、男にとってもっとも気持ちのよい敏感な亀頭冠が、ゆっくりと粘膜に包まれていく。

(うわあっ、入っていくよっ……セックスってこんな感じなんだ)

あったかくて、ぬるぬるして。

それにプラスして、女の子とひとつになったという、心の征服感が大きい。

これでもう大人の男だ。陰キャは卒業だ。

「ああ、梨奈ちゃんの中……き、気持ちいい」

思わず叫んでいた。

「あんッ……いやああ」

先をねじこむと、梨奈が悲鳴じみた声をあげた。

幹生は慌てて顔をのぞきこむ。

「あんっ、だめっ……こんなに熱くて、大きいのっ……だめぇ……」

梨奈はいやいやしながら、強張った顔を見せる。

「くぅううう！　だめぇっ……イ、イッちゃうよぉぉ……」

梨奈が苦しげに呻いて、腰を痙攣させる。

「イクッて言われても……おあああ、キ、キツい……チ×ポがとろけそうっ……待って、梨奈ちゃん、そんなに締めつけたら……おおお」

まだ腰を動かしていないのに、恥ずかしながら暴発してしまった。

ドクドクと梨奈の中にザーメンを注いでしまう。

「あンッ……熱いっ。ああん、いっぱい出てる……梨奈の中、幹生くんので……あああんっ……」

熱い脈動が収まらなかった。

ようやく長い射精が終わり、ずるっとペニスを膣から抜く。

どろっとした白い精液が、ワレ目からこぼれている。

「ご、ごめん……ぜんぜんガマンできなくて」

梨奈は汗ばんだ美貌を向けてきて、ニコッと微笑む。

「……ううん。気持ちよかったんでしょ？　私の身体でこんなに楽しんでくれて、うれしいな……私もね、幹生くんにオチ×チン入れられただけでイッちゃったんだよ」

梨奈は起きあがって、シーツを見た。

「ぐしょぐしょだね。匂いもすごいし」

「ヤバッ……保健室ってティッシュあるよね」

シーツの上で膝立ちしていると、梨奈がよってきて、萎えかけていた肉棒に舌を這わせてきた。

「梨奈ちゃん……えっ……え……？」

「キレイにしてあげるね」

かわいらしい顔を股間に埋《うず》めて、ザーメンにまみれた肉棒をぺろぺろと舐めてくる。

「ああっ、り、梨奈ちゃん……そんなこと、やらなくても……」

梨奈の唇が開き、大きく頬張ってくる。

「くううっ……」

幹生は悶えた。

自分の愛液や、苦い精液で汚れているにもかかわらず梨奈は、

「ううんっ……ううんっ……」

と、悩ましい鼻声を漏らして舐めしゃぶってくる。

(お、お掃除フェラってヤツだ……)

かわいいギャルの顔が、股間に埋められて前後している。

萎えつつあったペニスが、早くも力を漲《みなぎ》らせてくる。

「むふんっ……」

梨奈が咥えながら、上目遣いに見つめてきた。

大きくなったことがうれしいのか、ニコッと笑って、しかし美貌を情熱的に打ち振ってくる。

梨奈の口の中で、ふたたび硬くなっていくのがわかる。

ちゅぽっと音を立てて、梨奈が唇を離した。

「あんッ……すごいっ……もうこんなに戻ってるっ」

「だって、梨奈ちゃんのお掃除フェラが、すごかったからだよ」

「やだ、もう……キレイにしてあげたかっただけ……え？」

梨奈をうしろ向きにさせて、ベッドに押し倒す。

「四つん這いになって、お尻をこっちに向けて……」

言うと、梨奈が驚いて振り向いた。

「ま、まだするの？　もう授業、終わりそうなのに」

「でも、ほら、まだヒクヒクしてるよ、梨奈ちゃんのおま×こ」

背後から尻奥に指を入れると、どろっとした白いザーメンが垂れこぼれ、穴が収縮しているのが見えた。

「やんっ！　あっ……あっ……もうッ……幹生くんたらあ」

頬をふくらましながらも、四つん這いになって尻を向けてくる。

（うおおっ……）

ぷりんっとしたお尻も色っぽいが、肛門のかわいい窄まりや、ザーメンにまみれた女の花のエロティックさにドキッとする。

細腰を持ち、今度は間違えないようにバックから貫いた。

「きゃううんっ」

犬の格好で、美少女が鳴いた。

ミニスカートやブラウス、ソックスは名門女子高生のもので、それを身につけた女の子を犯していることが、なんともそそる。

しかも、ショートヘアに小顔のアイドルみたいなかわいいギャルだ。

「あううっ……あんっ……あんっ……すごいっ」

「ど、どんな？　僕のチ×ポは……梨奈ちゃんの奥まで届いてる？」

「そんなこと言えない……っ」

「教えてよ」

梨奈は何度も顔を横に振る。

だが、もう梨奈は幹生の人形だった。

「幹生くんのオチ×チン……奥まで届いてるっ……り、梨奈の……いっぱいにされちゃってるっ……ああっ……ああんっ……」

「梨奈のどこに？」

訊くと、梨奈は四つん這いのまま、つらそうに目を向けてきて、

「あんっ……り、梨奈の……お、おま×こよ……いやんっ、イジワルッ」

梨奈がプイッと前を向く。その瞬間、膣穴が締まった。

（恥ずかしいと、梨奈ちゃんのおま×こって締まるんだな）

いちど射精しているから、少しだけ余裕がある。

幹生はほっそりした梨奈の腰を持って、もっと激しく貫いた。

「いやんっ……はうんっ、んん、くぅぅ……」

お尻をつかんで腰をぶつけると、粘性の高い愛液がこぼれて結合部をびっしょり濡らす。

「んんっ……あんっ……あんっ……み、幹生くんっ……幹生くんっ……私のはじめてのところに届いてるっ……ああんっ……言わせないでっ」

ますます締めてきて、幹生も甘い陶酔が駆けのぼってきた。

（そ、そうだ！）

ここまでは催眠の力だが、ふと梨奈の心に自分とのセックスの記憶を植えつけたくなった。

梨奈の身体はもう自分のものだ。

そのことをたっぷりと教えてやって、妹の岬と同じように意識も心も乗っ取って、自分のものにしてやるのだ。

幹生はバックで貫きながら「催眠状態でありながら、意識だけを目覚めさせる」と無理やりな暗示をかけつつ、梨奈に人さし指を向けるのだった。

5

（えっ……えっ……ええっ……どうして！）

梨奈は心の奥で、大きく叫んだ。

ハッと意識を覚醒させると、いつの間にか自分はベッドの上ではしたなく四つん這いになり、制服をはだけられたまま、バックから男に犯されていた。

しかもだ。

背後から腰をぶつけてくるのは、瞬ではなく幹生だった。

（どうして……！）

声をあげようとしても、あげられない。

身体を動かそうとしても、動けない。

ばすっ、ばすっ。ぬちゅ、ぬちゅ。

尻と下腹部の当たる打擲《ちょうちゃく》音に、愛液が飛び散る音が混じる。

（あううう！）

下腹部に重苦しい衝撃が生じる。

(信じられない……ううっ、すごく大きくて……息できないくらい……いっぱいにされちゃってる、幹生くんので……ああんっ、うそ……私、レイプされてるの?)

こんなことはありえない。

「もっと動くよっ、梨奈ちゃん」

幹生に言われ、強く腰をぶつけられる。

エラの出っ張ったところが、媚肉を甘くこすりあげていく。

(きゃううん……いやんっ……だめっ……腰がとろけるっ……なんで恋人でもない男のもので、感じちゃうの?)

「はああっ……ああんっ、幹生くんっ……気持ちいいっ……もっとして、もっとオチ×チンで、とろけさせてぇ」

口が勝手に動いてしまう。

(そんな、甘えるような声……ああんっ、梨奈っ、お願い……抵抗してッ)

意識ははっきりしているのに、身体が動かせない。

まるで誰かに操られているみたいだ。

離れたいと思っているのに、自分からいやらしく腰を振り、幹生の男性器を締めつけてしまう。

表情が淫らな泣き顔をしているのがわかる。

恥ずかしいけど、どうしようもない。

「梨奈ちゃん、またイキそうだね。もっと奥まで入れてあげる」

「ああんっ……そんなに奥にっ……！　あふっ、だめっ……梨奈、だめになるっ。おま×こ、すごく感じちゃってるっ……だめになっちゃうよお！」

梨奈はハアハアと荒い息をこぼし、エロい言葉をさらにつむぐ。

(なにを言ってるのっ。そんな卑猥な言葉……梨奈は使いたくないのに……)

そう思うのに、身体は逞しいものを迎えてしまう。

「また締まってきたよ。奥が好きなんだね」

「ああんっ、そうよ。幹生くんのオチ×ポ、大好き！」

「エロいな、梨奈ちゃんは……おっぱいの先もこんなにピンピンに……」

下垂したFカップのバストを背後から握られる。

(あうんっ……触らないでっ……だめなのに……おっぱいも、お尻も、恥ずかしいところも、瞬のものなの！)

強く願っても、しかし乳首をキュッとつままれると、ゾクッとする快美が四つん這いの全身をかけめぐる。

「ぁあんっ……気持ちいいっ」

秘部が疼いて、熱い飛沫《しぶき》が奥からあふれてくる。

くびれた腰をつかまれて、ばすん、ばすんとヒップに男の腰をぶつけられると、ぬちゃ、ぬちゃっという猥褻な結合音が響く。

「くうう、梨奈ちゃん、そんなに締めつけたら、また出ちゃいそうだよ。もっと梨奈ちゃんの身体を味わいたいのに」

(味わうなんて……そんな、私を人形みたいに……)

「ああんっ、味わって……たっぷり楽しんでっ……だから、お願いっ、幹生くんがイッてっ……先にイッてっ……ああんっ……」

はしたなく、犬の格好で尻を振りたくってしまう。

(もう感じたくないのに……とろけちゃう……気持ちよすぎて……いやあん、心も抵抗できなくなってる……)

昨日の夜の自慰行為を思い出す。

あのときも、頭の中に描いたのは瞬ではなく、幹生だった。

もしかして、白浜とつき合っていたのが夢ではないか。

こっちが本物ではないだろうか。

そう思うと、肉体と意識がゆっくりといっしょになっていく気がする。

(そうよ……だから、こんなに気持ちいいのっ……私は幹生くんを愛してるのっ……

私のカレシは幹生くんよ。だから、こんなに気持ちいいの……)

そう思うと意識の違和感がなくなり、興奮が大きくなっていくのだった。

6

「ああ、私……幹生くんとつき合っているのね、そうよね」

四つん這いのまま、梨奈が不思議なことを言い出した。

(これって……もしかして、岬と同じように心も僕が支配したのかな)

幹生は背後から、人さし指を梨奈に向ける。

(よし。催眠、解けろ、完全にっ)

そう念じても、梨奈の乱れきった様子はまったく変わらない。

「あんっ、こんなに濡れたことないッ……幹生くぅん」

梨奈は甘ったるい声を漏らし、ますます肉棒を締めつけてくる。

（か、変わらない……完全に支配したんだ、梨奈ちゃんの心も身体も……今は催眠状態でもないのにっ）

梨奈の身体を、これから好きなようにできる。

なにを言っても正直に答えてくれる。

「梨奈はいやらしいな。ホントにこんなにお尻を振って、犬みたいだぞ」

わざと罵ってみる。

だが、

「ああんっ……ごめんなさいっ、軽蔑しないでっ……だって、こんなに感じたことないんだもん」

梨奈が肩越しに顔を近づけてくる。

ちょっとつらい体勢だが、なんとか唇が届いた。

バックで犯したまま口を塞ぐと、すぐに梨奈の舌が入ってきた。

（う、うわっ……こんなに積極的にベロチューしてくるなんてっ）

ねちゃねちゃと舌をからませると、身体が悪寒に包まれたように震えた。

ベロチューしながらのセックス。

（上も下も繋《つな》がったままって、こんなに気持ちいいんだっ）

キスをして、梨奈も興奮が増したのだろう。

もっと強烈にチ×ポの根元を締めつけてきた。

(くううっ、締めつけすごいっ……っ)

さらにスパートさせると、梨奈の愛液がお尻から垂れてきた。

「……あふっ、ああんっ……おかしくなるっ、梨奈、おかしくなっちゃうよお……」

ワンワンスタイルのかわいい美少女が、ぷるんとしたお尻を振って身もだえている。

もう限界だった。

優越感と興奮が、チ×ポの先に宿ってくる。

「ぐっ……ああっ、また出るっ」

「あんっ……きて、お願いっ」

「くうう!」

どくっ、どくっ……二発目とは思えぬすさまじい射精の衝撃が、身体中を貫いた。

美少女の膣奥に向かって、熱い子種を放出する。

梨奈も同時に、ガクガクと腰を震わせた。

「あんっ、熱いっ……だめっ、もうだめっ……イ、イクゥゥ……」

女の本能なのか、梨奈の膣ヒダが精液を搾り取ろうと収縮する。

たまらなかった。

すべてを出しきり、チ×ポを抜く。

彼女は疲れたのだろう、お尻だけを掲げる格好のまま、ハアッ、ハアッと息を荒らげていたが、チャイムが鳴ってハッと身体をあげた。

「先生、来ちゃう」

梨奈は慌ててはずれたブラジャーと、ショーツを直しはじめる。

幹生も服を着る。

面倒なのでシーツを剝ぎ、まるめて持ったまま保健室を出る。

白浜たち三人と、ちょうど出くわした。

「てめえ、梨奈となにしてたんだよ」

キレた白浜の手があがる。

殴られる、と思った瞬間……梨奈が幹生の前に立った。

「私のカレシになにするのよ。もう許さないからあ」

三人がきょとんとした表情をして、不思議そうに顔を見合わせた。

第三章　お嬢様の中出しおねだり

1

幹生のパンピー昇格は、クラス内で大きな話題になった。

というのも、恵里香のつくったスクールカースト制度で、入れ替わりは今までに一度もなく、卒業するまでずっとそのままだと誰もが思っていたからだ。

やはり、梨奈の力は大きい。

彼女が恵里香に直訴してくれて、昇格になったのである。

「おはよう、須藤くん」

満員の通学電車、クラスの女子が話しかけてくれた。

「お、おはよう」

幹生はそれだけで、カアッと胸を熱くさせる。

今まで最下層のワナビーは、パンピーに挨拶すらされなかった。

禁止されていたからだ。

これで学園生活が普通になる、と思ったのだが、気になるのは良太たちのことだった。

――よかったね、幹生くん。

と言ってくれたものの、良太を含めてまだワナビーと呼ばれるいじめられっ子の集団は五人もいる。

（なんとか救わないと……それには、もっと上の位にいかないとなあ……）

「ごめんね、幹生くん。お待たせッ」

梨奈が並んでいる人をかき分けて、ギュッと抱きついてきた。

「わっ、梨奈……危ないよ。すみません……」

まわりに謝るも、そのサラリーマンたちの目は迷惑そうな感じではなくて、梨奈のかわいらしさに驚いているようだ。

――うおっ、すげえかわいい子。

──おっぱい大きいなあ、この子。

──なんでこんな冴えないヤツと……。

男たちの目が物語っていて、朝から優越感だ。

梨奈は抱きつきながら、拗ねたように口をとがらせる。

「だってえ、ぜんぜん逢えなかったし……ＬＩＮＥの返事も遅いし」

「いや、昨日の夜もファミレスで会ってたし、返信は五分遅れただけでしょ……」

「……昨日、エッチしてくれなかった」

「ええっ……！」

カアッと全身が熱くなった。

慌ててまわりを見た。並んでいる男たちがこっちを見ている。

「ちょっと……声が大きい……ん？」

梨奈がかがめと手招きした。

なんだ、とかがむと、耳に口をよせてくる。

「だから、昨日の夜、ひとりでしちゃったんだよ……幹生くんのこと思って……禁止されてたけど、どうしても……」

目の下を赤らめて、梨奈がはにかむ。

（うわあ……）

叫びたいくらいエロくて、朝から頭の中がピンク色だ。

隣の男にも聞こえたらしくて、梨奈の顔をチラチラと見ている。

ドキドキしていると、電車が入ってきた。

ふたりは人の波に押されるようにして車両に入る。

ほかの男に触られたくないから、ドアの脇に梨奈を置き、自分はガードする。

「ありがと……幹生くんってやさしいね」

いつものギャル美少女が、キラキラして目で見つめてくる。

以前、ツンケンしていた様子とはまったく違って、こんないい子だった面もあるんだなあとも思ってしまう。

「ねえ、今週末、コミケなんでしょう。私も行っていいかな」

梨奈が言ってきた。

「あれ……なんか、読者モデルの人たちとイベントがあるって……」

「うん。でも幹生くんといっしょにいたいから、いい？」

「い、いや、いいけど……」

「やった」

抱きついてきて、またまわりから嫉妬の目で見られる。

（梨奈なら、そこらのコスプレイヤーよりかわいいからな。連れて歩いたら、楽しいだろうな）

浅ましいことを考えていると、離れたところに琴音が立っているのが見えた。

（あっ、琴音ちゃん……え？）

大人びた背の高い男が琴音の腰に手をまわしていた。

なんだ、あいつ、と見ていると、梨奈が「ああ、あれね」と言ってきた。

「えっ、梨奈、知ってるの？」

「門倉《かどくら》真人《まひと》くんでしょ。大学生モデルで、テレビにもたまに出てる」

「ああ……あれが……」

見たことがある気がしたのは、そういうことか。

「でもあの人、あんまり評判がよくないかも……誠実そうに見えて、裏ではけっこう女の子を泣かせてるって、読モの子が言ってた」

「そ、そうなんだ……」

確かに見た目は眼鏡をつけて真面目そうだけど、髪型や服装が派手でチャラいような気もする。

見ていると、その男が琴音をギュッと抱きしめたので、幹生は驚いた。

「あっ、そういえば……すごいかわいい子を堕《お》としたって……あれって、河村さんのことだったんだ」

「梨奈、もう少し詳しく教えて、その話」

幹生は人さし指を梨奈に向けて訊く。

「いいよ。ええと……すごいガードが堅くて真面目な処女っぽい子で、何度も何度もアタックしてようやく、とか言ってたわ。キスとかぜんぜん許してくれないけど、記念日に初エッチやらせてくれるから、そこからヤリまくるとか笑ってた」

（なんだって……！）

琴音を見た。

楽しそうにその大学生の男と話している。

（あんな軽い男の誘いに乗るなんて……僕に気があるんじゃなかったのか……）

そこまで勘違い野郎ではない。

しかし自分の天使が、こんなチャラい男とつき合うのはかなり腹立たしい。

次の駅に停《と》まり、チャラ男が降りた。

（チャンスだ）

「梨奈、なんか今日は用事があって、学校休むんじゃなかった？」

人さし指を突きつけて言う。

梨奈が「あっ」という顔をした。

「そうだった。ありがとう、幹生くん。ここで降りるね。じゃあね……ねえ、今日の夜、またファミレスで……」

「わかってる。じゃあね」

幹生が手を振ると、梨奈もうれしそうに手を振りながら、電車から降りていく。

(ごめんな、梨奈)

心の中で詫びながらも、幹生は車内の人ごみをかき分けるようにして、琴音のところまで歩いていく。

2

「あっ、須藤くん、おはよう」

琴音が振り返って、ニコッと振り向く。

形のよいアーモンドアイに、日本人形のような美しい顔立ち。

絹のような黒髪ストレートに透き通るような白い肌は、まさに美少女というにふさわしい容姿だ。

「お、おはよう……」

ドキドキするも、いつもよりも落ち着いているのは、梨奈のおかげだろう。

梨奈とイチャイチャしているおかげで、美少女に対する免疫がちょっとだけできてきたような気がする。

「へんな階級みたいなの、なくなってよかったね」

「えっ、う、うん……」

(琴音ちゃん、気にかけてくれてたんだ)

一瞬そう思ったが、胸のあたりがモヤモヤした。

(これは社交辞令なんだよな……くそ、なんであんなチャラいヤツとなんか……)

梨奈や岬とは違い、復讐なんて気持ちはない。

ただ、嫉妬だ。

あんなヤツに天使を奪われるなら、いっそのこと……。

そのとき電車がカーブに差しかかって、大きく揺れた。

「あっ……」

左に人の波が傾き、琴音の身体がドアに押しつけられる。

幹生は触らないようにしていたのだが、うしろから押されて、琴音に抱きつくような格好になってしまう。

（うわっ……や、やわらかいっ……）

艶々した黒髪から、リンスのような甘い匂いが漂ってくる。

女子高生特有の、噎《む》せるような甘酸っぱい匂いにも、くらくらしてしまう。

理性が吹き飛んでしまった。

もうだめだった。

「ご、ごめん……」

頭がぼうっとしたまま謝ると、

「ううん、大丈夫……」

と、琴音はニコッとした。

（顔、ちかっ）

愛くるしい顔立ちに、瞳がすんでいた。

黒目がちな眼はいかにも聡明そうだ。

深窓育ちのお嬢様という雰囲気をオーラのようにまとっている。

おしとやかでかわいらしくて、おっぱいも大きい。

幹生はドクンドクンと、心臓の音を聞きながら人さし指を琴音に向ける。

「ん、なに？」

「えっ……いや、別に」

なんでもないふうを装い、念じた。

（僕のことを好きになれ。エッチなこともしたいと思え！）

強引でストレートな暗示だった。

琴音の目が一瞬、くるんとまわり、次の瞬間には、うっとりしたような双眸で幹生を見つめていた。

（だ、大丈夫かな……）

梨奈は琴音のことを処女だと言っていた。

しかも、超がつく真面目な子だ。

（もしかして催眠が効かないほど、隙がないとかないよな……）

梨奈や岬より、はるかに難しそうだ。

もし効かなかったら、攻略はどうすればいいのだろう……。

考えていると、琴音が口を開いた。

「幹生くん、ちょっとだけ教えてほしいの……」

「え？」

聞き返すと、琴音は恥ずかしそうに顔を赤らめる。

「その……幹生くんって……エッチなことって考える？」

「ええっ……！」

大声を出してしまい、慌てて自分の口を塞いだ。

まわりの男たちが、迷惑そうに一瞥《いちべつ》する。

「そ、それは……考えるよ、もちろん」

「た、例えばよ」

「……うん」

「あの……わ、私とシタい……とか思うことある？」

バンビみたいな瞳で、上目遣いに見つめられた。

くらっとした。

学園イチと名高い美少女が、自分とセックスしてみたいかと訊いている。

「も、もちろんだよ。もしかして琴音ちゃん、僕と……し、シタいの……？」

琴音は顔を伏せてから、小さく頷いた。

（お、おお……！）

今すぐにでも押し倒したいところだが、満員電車の中では無理だ。

それでもぴったりと寄り添うようにして、ブレザー越しのおっぱいを押しつけられていると、肉竿が硬くなってきて、昂《たかぶ》りが収まらなくなる。

「学校終わったら、エッチなことしようか」

ぽつり言うと、琴音は羞恥に顔を赤らめながらも、

「うん、うれしいっ……私なんかでいいのね。でも、麻生さんのことは……？」

催眠にかかっても、まだ理性が残っているらしい。

すごいなと思いつつ、幹生は適当な言い訳を考え、人さし指を琴音に向ける。

「僕は、琴音ちゃんも梨奈も好きなんだよ。琴音ちゃんは二股かけられても、僕が魅力的だからしょうがないと思っている」

なんという強引な設定……。

でも、琴音は反論することなくニコッと笑う。

「今日は、麻生さんじゃなくて私の番なのね……うれしいっ。ねえ、学校終わったらいっぱいしよっ」

清楚な美少女からの過激な台詞に頭が痺れた。

もうガマンできなくなってきた。

「……うん。わかったよ。じゃあさ、今、ちょっと予行練習したいんだけど」

「えっ。練習……って……あっ……！」

琴音が伸びあがった。

幹生がミニスカート越しのヒップを撫でまわしたからだ。

（おおおっ……琴音ちゃんのお尻……）

ムチッと張ったヒップ……女子高生のお尻のやわらかさと弾力が、スカートの生地越しに伝わってくる。

「な、なにするの……電車の中なのに……」

琴音が、か細い声で言う。

「だから、練習だよ。今日、セックスするんだから……いきなりだとマズいでしょ」

「だ、だめ……もし、ほかの人に見つかったら……」

「大丈夫。バレないよ。ほら、ドアの外を見ているフリをして……」

「ええっ……そんな……」

と言いつつも、無理やりにドアのほうを向かせても、琴音は抗《あらが》わなかった。

（ううっ……興奮するっ……）

琴音のうしろ姿はかなりエロかった。

絹のような黒髪に、女らしいまるみを描く美しい背中。

腰はくびれているのに、ミニスカートのヒップはムチッとして、太ももからふくらはぎにかけての形のよさがたまらない。

(琴音ちゃんって、梨奈よりスタイルがよくないか……?)

おっぱいは推定Eカップ。

だけどウエストの細さは琴音に軍配で、清楚な雰囲気なのにいやらしい身体つきをしていると思う。

幹生は琴音の背後にぴたり寄り添い、ミニスカートの中に手を滑りこませる。

琴音が「あっ……」という表情をしたのがドアガラスに映る。

(すごいっ……琴音ちゃんがこんな色っぽい顔を……)

幹生は夢中になって、ショーツ越しのヒップの揉み心地や、ムチムチした太ももの弾力を楽しむように指を食いこませる。

「あっ……ううんっ……やっぱり、だめだよ……ほかの人に見られちゃうよ」

琴音が肩越しに眉をひそめて見つめてくる。

もじもじとして腰を逃がそうとするが、それがかわいいヒップを揺すっておねだりをしているようにも思える。

（恥ずかしがっているほうが、興奮するな……）

琴音の抗いを無視してショーツ越しのヒップをつかみ、尻割れに指を滑らせる。

絹のようなサラサラした髪の匂いをかぎながら、汗ばんだ手のひらでじっくりと美少女の尻のやわらかさを堪能《たんのう》していると、

「うっ……くっ……」

琴音の唇から、いよいよ感じたような声が、漏れ聞こえはじめる。

（感じてる……僕の指で……）

窓越しにうつむいた琴音の顔を見れば、耳まで火照っていた。

ほっそりした肩が震え、ハアハアと息があがっている。

「だめ……ホントにだめ……許してっ……」

琴音は眉をハの字にして、涙目で見つめている。

明るくていつもニコニコと微笑んでいるあの清楚な琴音が、電車の中での痴漢プレイに感じていることに、ますます興奮が募ってくる。

幹生は少し腰を落としつつ、ズボン越しの股間を琴音のヒップにぐいぐいとこすりつける。

「あっ……」

琴音の細顎がクンッとあがり、ほどけた歯列から悩ましいため息が漏れる。

「だめって言いつつも、琴音ちゃんも欲しがってるんでしょ？」

「ほ、欲しがってなんかっ……だめっ、ホントにだめ……電車の中でなんて、こんなとこ見られたら……」

「大丈夫だよ、こんなに混んでるんだから……」

ミニスカートを手でまくりつつ、太もものあわいに指を差し入れる。

「ンンッ」

琴音はビクッとして、口を自分の手で塞いだ。

さらに手を差しこんでいくと、指先にクロッチ越しの恥肉の感触が伝わってきた。

（琴音ちゃんのおま×こだ……）

幹生の全身は熱く滾り、股間がますます硬くなる。

夢中で琴音の股間を撫でさすった。

「ううっ……くっぅ……あっ……だめっ……」

だめと言いつつも、琴音の腰が微妙に揺れはじめる。

（ああ……琴音ちゃんがエッチになってる）

もうこらえきれなくなり、幹生は琴音の手をとり、自分の股間に導いた。

「ンン……幹生くん……そんなの……」

「お願い、触って」

頼みこむと、琴音はハアッと大きくため息をつく。

そしてうつむいてから、おずおずと幹生の股間をさすりはじめる。

(琴音ちゃんの指が……夢みたいだ)

痺れるような快感が訪れ、パンツの中で先走りの汁が漏れた。

(くうう……気持ちいいっ……)

幹生は震えながら、さらにスカートの奥にあるショーツの基底部を撫でる。

すると、指先に湿り気を感じた。

ショーツが蜜を吸いこんで、ぬるぬるとぬかるんでいるのだ。

(も、もう……こんなに濡らして……!)

催眠をかけたとはいえ、痴漢ごっこで濡らすとは。

清楚で真面目な美少女も、ひとかわ剝《む》けば女なんだと興奮しながら、幹生はいよいよショーツのクロッチ部を指で横にズラし、じかに女の園に指を這わせていく。

「ムウ！　ンンッ」

琴音の大きな双眸が見開かれた。

口は自分の手で塞いでいたが、それがなかったら甘い声を出していただろう。

幹生は指をワレ目に這わす。

おびただしい量の愛液が、中指にからみついてくる。

「濡れてる……感じちゃったんだね」

耳もとでささやくと、琴音は小さく首を振って、口もとから手をはずし、

「ああ……言っちゃだめ……言わないで……おかしいの……私、こんなことなったことないのに……」

と、狼狽《うろた》えた様子を見せている。

もしかしたら、催眠によって、琴音の秘めたる性が解放されたのかもしれない。

それならば好都合だ。

指をさらに押しこむと、上方にコリッとした突起があった。

(クリトリスだ……)

梨奈との性行為でわかっていた。

幹生は梨奈のときと同じように、肉芽をやさしくつまむ。

「くぅ……!」

琴音はぶるぶるっと震えて、身体を預けてくる。

(梨奈より、感じやすいんだ……)

反応は、処女のものとはとても思えない。

股間をさする琴音の手の動きも、男性器の形や硬さを確かめるような、いやらしいものに変わってくる。

さらにだ。

琴音のヒップがもどかしそうに動いている。

まるでもっと触って、指を入れてと言わんばかりだ。

幹生は中指と薬指を合わせ、琴音の潤みの中心部に押しつける。

力をこめると、一気に指がぬかるみに沈みこんでいく。

「ん……ッ」

琴音ががくんと全身をのけぞらせ、さらに背後に体重をかけてきた。

(これが、琴音ちゃんのおま×この中……)

指が二本入るぎりぎりの狭さで、やわらかい肉がひくひくして、侵入した指を締めつけてくる。

股間に手のひらをかぶせるようにして、もっと奥まで挿入させる。

「んんっ……んっ……ああ……み、幹生くん……っ」

肩越しの美貌はもう泣き出しそうで、ハアハアと熱い吐息がたまらないエロさを醸し出している。

愛液はあふれてショーツを汚す。女の発情した湿った匂いが立ちこめる。

満員電車が揺れ、振動に合わせて指も揺れる。

「んっ……んっ……」

琴音は手のひらを口にかぶせて、必死にあふれ出す声を防いでいる。

（ああ……琴音ちゃん……）

これだけ人がいるのに、まるでふたりだけの世界のようだ。

制服の美少女は、指をおま×こに入れられて、間違いなく感じている。

車内アナウンスが鳴った。

次の駅が近づいている。

（指を抜こうか、いや……待てよ）

もしかして、イカせられるんじゃないか？

琴音の身体はこれだけ感度がいいし、かなり興奮している。

イクところが猛烈に見たくなり、さらに奥に指を入れて、ざらつくような天井までこすりあげた。
「あっ……はあん……だ、だめっ……」
琴音が身体を預けながら、つらそうにささやいてくる。
ドアの窓は、琴音の吐息で真っ白になっている。
身体も少し汗ばんできていた。
（い、いける……）
幹生はゆっくりと指の抜き差しをした。
音を立てないように、かなりスローピッチの指マンだ。
だがそのじんわりとしたタッチがよかったのか、琴音は眉をせつなそうにたわめ、
目を細めている。
幹生の興奮はピークに達した。
さらにぬかるみを指で攪拌《かくはん》したときだった。
「んッ……ンン！」
琴音の腰が、ガクガクと大きく揺れた。
（イッた……琴音ちゃん、電車の中でイタズラされて……イッたんだ……）
同時に電車がホームに滑りこむ。

幹生は指を抜き、琴音のショーツを直してから、ふらふらの彼女をつれて電車の外に出るのだった。

3

放課後。

書道部の部室で、部長である琴音は袴姿に着がえていた。

いつもは墨汁で汚れるからジャージである。

だが今は、気を引き締めるための袴姿であった。

琴音はブレザーとミニスカート、さらにブラウスを脱いだ。

薄いピンクのブラジャーとショーツだけの姿になり、上衣という白装束を身につけて、それから真っ赤な袴に脚を通して、しっかりと帯でとめる。

鮮やかな朱色の袴は巫女のようでもあるが、学園のイメージカラーが赤なので、伝統的にこの色なのだ。

(ああ……私、どうしちゃったの……まだ身体が熱いし、アソコが……)

登校してすぐのこと。

琴音は夢から覚めたような不思議な感覚に陥った。

身体が熱く火照っていて、妙な気だるさが残っていた。

さらに不思議なことに、トイレでショーツの中に指を入れてみたとき。

汗ではない、粘り気のある体液が、下着のクロッチをぬらぬらとさせていて、琴音はひどく驚いた。

(なんなの……これ……穢《けが》らわしいわ、私……)

濡れる、というのは初体験だった。

処女である琴音は、自慰行為をしたことがない。

浅ましい行為に思えたからだ。

そんないやらしい気持ちを払拭するため、顧問に無理を言ってお願いし、ひとりで書をしたためようと思ったのである。

足袋を履き、袴姿に着がえ終えたときだ。

部室のドアがノックされた。

「はい」

「琴音ちゃん、幹生だよ、同じクラスの……」

ドアの向こうから聞き慣れた声がした。

(須藤くん?)

どうして彼がいるのだろう。

わからないが、ドキドキしている。

(えっ、どうして彼のことを意識するの……?)

自分でもよくわからぬまま、ドアを開ける。

幹生がニヤニヤしながら立っていた。

「今朝言われたとおり、来たよ」

「えっ、今朝?」

「うん。約束したよね。学校終わったらって」

しゃべっている途中に、幹生の視線が下にいき、琴音はハッとして手で胸もとを隠した。

(いやだ……バストを見てるっ)

いやなのに、しかし身体が熱く火照ってくる。

どうしたことなのか……彼の顔をまともに見られない。

「須藤くん、なにかの間違いじゃないかしら……今日は部活休みだし、たまたま私がいただけで……」

「おかしいな、電車の中で言ったはずだけど……」

「電車の中って、なんのこと……？」

やんわり拒むのだが、彼は関係ないとばかりに上履きを脱ぎ、当然のように畳の部室に入ってくる。

「あ、あの……須藤くん？」

「琴音ちゃん、袴姿が似合うね」

「えっ……？」

声が出なかった。幹生の雰囲気が、今までのおどおどした感じと違うのだ。

「あ、ありがとう」

やっとのことで返事をした。

幹生に似合うと言われて、なぜかドキドキする。

(どうして須藤くんは、こんなに変わったの……麻生さんとつき合うようになったから？)

そんなことを思うと、なぜか胸の奥がチクッと痛んだ。

「ホントにかわいいよ。じゃあ、袴姿のまま、エッチしようか」

幹生の言葉に、琴音は眉をひそめた。

「須藤くん、なにを言って……」

「予行練習したでしょう、電車の中で。琴音ちゃんのおま×こを指で弄くって……人前ではしたなくイッたよね。僕のチ×ポを撫でながら……」

幹生が人さし指を向けてきた。

（アアッ……！）

その瞬間、今朝の電車の中での記憶……彼の指で恥ずかしい部分をまさぐられて、脳がとろけるほど気持ちよくさせられたことを思い出した。

「ああ、よかった。忘れてたのかと思ったよ」

幹生が見つめてくる。

「ううん、忘れてないよ。ずっと待ってたもん。授業中も身体が火照って……それに幹生くんのこと考えたら、また濡れてきちゃうし……」

（わ、私……なにをしゃべってるの！）

琴音はパニックになっていた。

意識ははっきりしている。それなのに身体が動かない。

自分の意志でしゃべることもできない。

いや、実際は動いてしゃべっている。

だれかに身体を支配されているような気がする。

(今朝のこと……夢じゃなかったんだ。私、幹生くんに痴漢されて……あんっ……すごい気持ちよかったこと思い出しちゃう……)

穢らわしいという気持ちがあるのに、ドキドキがとまらない。

「また濡れてきちゃうんだね」

幹生が近づいてきて、袴姿の琴音の腰をそっと抱いた。

「うん、指を入れたら、ぬるぬるしちゃうの……すごいつらかったんだよ」

瞳がうるうるとしてしまっている。

頭の中がぽうっとする。

(だめよ、私。エッチなこと言わないでっ……どうして幹生くんに逆らえないの?)

顔が近づいてくると、自然と唇を突き出して目を閉じてしまう。

(アアアッ……いやあ……)

唇が押しつけられていた。

「ンンッ……」

男の熱い吐息がかかり、ぬらついた舌が唇に触れた。

（ああっ……私……幹生くんとキスしてる……）

初キスを奪われて、ショックで心が壊れそうだ。

だが琴音の身体は言うことをきかず、自分からも舌を伸ばして、幹生の動く舌にからめていってしまう。

（だ、だめぇ……）

そう思うのに、ネチャネチャと音を立ててディープキスをしてしまう。

（ああんっ、初キスは……カレのものだったのに……）

大切なカレシとのキス……。

そう思いつつも、琴音の頭は混乱していた。

カレの名前が出てこない。

それどころか、顔すら思い出せなくなっている。

（私……どうかしてるわ……どうして……）

「ううんっ……んふぅん……」

心とは裏腹に、琴音は悩ましい鼻声を自然に漏らし、身体を熱くさせていく。

「琴音ちゃん、愛してる……」

幹生がキスをほどき、うわずった声で告白する。

「わ、私も、幹生くんっ……大好きだよ。初キスが幹生くんでよかった」

「えっ、はじめて？」

「そうだよ。好きな幹生くんだから、いいんだもん」

勝手に台詞を言いながら、またキスをすると、頭の中がとろけていき、もうカレシのことなど頭から抜け落ちていってしまう。

幹生は熱心に舌を吸い、琴音の歯茎や頬粘膜までも舌先で舐めてくる。

「ンフッ……ちゅうう……ああんっ……幹生くんのキス、気持ちいい……」

（あんっ、私……そんなエッチなこと、言いたくないのに……）

うっとりした言葉を勝手に吐いてしまう。

しかしだ。

その言葉どおりに、琴音の気持ちも次第にとろけてくる。

幹生はニヤニヤして、うれしそうだ。

「ああ、琴音ちゃんとキスできるなんて……ずっと好きだったよ。キレイなお人形さんみたいで……大きな目と黒髪……優等生で性格もやさしくて、ずっと見てたんだ」

切実な告白にドキッとした。

そして熱っぽく見つめられて、袴姿のまま畳の上に押し倒された。

「ブラジャーがうっすらと見えてる。いやらしいね」

「あん、エッチ……だってキャミソールは汗をかいちゃったから……」

（うう……透けブラ、見られてる……は、恥ずかしい……）

両手で隠したくとも、やはりまったく身体が動かない。

幹生は息を荒らげながら、衿もとをつかんできた。

（あっ……いや！）

真っ白い上衣の衿もとを大きくひろげられ、肩から剝き下ろされる。

薄ピンクのブラジャーが露にされる。

谷間部分に小さなリボンのついた、シンプルなデザインのブラだ。

「かわいいブラジャーつけてるね。おっぱいはどんなかなあ……」

右手で強引にブラジャーをつかまれて、ズリあげられた。

ぷるんっ、と勢いよくバストがまろび出る。

（だめっ、見ないで！）

男子の目の前で乳房を見せるなど、気が遠くなるほどの羞恥だ。

それなのに、自分の身体はおっぱいを手で隠すことなく、幹生に組み敷かれて、袴の脚をもじつかせてしまっている。

「キレイなおっぱいっ……これが琴音ちゃんのおっぱいなんだ……」

幹生は目を血走らせて、乳房をじっくりと見つめてきた。

張りのある白い丘陵のカーブも、頂点で揺れる紅色の乳首も、幹生にすべてを見られてしまっている。

(あああんっ……いやあぁッ……どうして身体が動かないの……?)

いやなのに、いやがる顔すらできない。

それどころか、妖艶な笑みすら浮かべてしまっている。顔の筋肉が勝手に動いているのだ。

(いやっ……こんなエッチな表情したくないのに……)

しかし、幹生には伝わらない。

ますますいやらしい顔で、こちらを見つめてくる。

「色っぽい表情だね、琴音ちゃん。おっぱい見られて、恥ずかしい?」

「うん、恥ずかしいよ……でも、幹生くんにだったら見られてもいいよ」

目もとを赤く染め、考えてもいないことを口走ってしまう。

「そうなんだ。琴音ちゃん、おっぱいのサイズは?」

「えっ……」

（だめっ、言っちゃだめっ……）

そう思っているのに、自分では抗えない。

「い、Ｅカップよ」

恥ずかしがりながらも、琴音は本当のサイズを口にする。

（ああ……おっぱいのサイズ、知られちゃった……）

琴音は心の中でむせび泣く。

もう自分が自分ではなくなっていくようだった。

「Ｅか……大きいね。だから、みんな見てるんだ。知ってるでしょ。体育のときとか、男子みんなで琴音ちゃんのおっぱいの揺れ具合、チェックされてるの」

「ああんっ、そんなことしてるの？　知らないわ……」

頬をふくらませ、媚びた表情をしてしまう。

「フフッ。怒らないで」

幹生は大胆に右手を伸ばしてきて、すくいあげるようにおっぱいを揉みしだく。

「あんっ……」

（いやだっ……エッチな声、出したくないのに……）

恥ずかしいのに、身体がピクッと動いてしまう。

「かわいい声……感じやすいんだね、琴音ちゃんって」

幹生は興奮した様子で、乳房をねっとりと揉みあげてきた。

十本の指を食いこませて、瑞々しい乳房を好き放題に歪まされる。

（ああんっ……幹生くんっ、触らないで……ううっ……そ、そんなに強くしたら、胸がつぶれちゃう）

はじめて男の人に乳房を揉まれて、今にも泣き出しそうだ。

しかも、書に向き合う正装である袴姿でエッチなことをされるのが、つらくてたまらない。

（うう……どうやったら、身体が動くの……）

考えようとしても、幹生の手で愛撫されると集中力がなくなっていく。

心の中では懸命にガマンしている。

なのに、口から出るのは悩ましい声ばかり。

そのうちに、幹生の温かな指が乳首に触れて、身体がヒクッと反応しはじめた。

「はンッ……」

「あっ、もう乳首が硬くなってきたね」

言われて、ハッと気がついた。

確かに胸の先が強く張っていて、乳首がふくらんでいるのだ。
（ああ、いやっ……どうして硬くなっちゃうの）
浅ましいと思う反面、ますます全身が熱くなってくる。
琴音の反応に気をよくしたのか、幹生は右の乳首に吸いついてきた。
（いやああ……や、やめて……幹生くんっ……そんなことしないで）
しかし、口をついて出るのは、
「あっ、あんっ……」
という甘い声だ。
ちゅっ……ちゅっ……ねろっ、ねろっ……。
吸われて乳首を甘噛みされると、腰がビクッ、ビクッと震えてしまう。
（ああん、どうして感じちゃうの……？）
いよいよ、心の中でも抗う気が薄れてくる。
「乳首がピンピンになってきた。すごいや」
自分の乳房を見る。
幹生の唾液まみれにされて、おっぱいの先がべとべとになっていた。
（ああんっ……男の人に舐められて……私のおっぱいがツバまみれに……）

おぞましいと思う。

それなのに、ますます体温があがり、ハアハアと息が乱れてくる。

脂汗がにじみ、甘酸っぱい匂いも強くなる。

ふいに乳首をつままれた。

「はあうぅッ……」

鋭い刺激が全身に走り抜け、ジーンと痺れるように手足が震えて、背中が自然とそり返った。

(ああ……もう……もう……)

股間の奥がムズムズとする。

琴音は、袴の内ももを自然にすり合わせてしまっていた。

(もしかして……幹生くんに触られているから？)

だからこんなに反応するのだと思うと、幹生に対して嫌悪が薄れていく。

4

(ゆ、夢みたいだ……ついに琴音ちゃんと……)

しかも、憧れの袴姿だ。

下は巫女のような朱色の袴に、上半身は白い着物をはだけられた、真っ白いおっぱいが剝き出しだ。

書道をする美少女。

その清楚で凜《りん》とした気高さを、自分の手で堕とす感じがたまらない。

（このまま、琴音ちゃんを自分だけのものにしてやる……）

催眠のときだけではない。

梨奈や岬と同じく、平常時の心まで支配するのだ。

そのためのやりかたは、梨奈でためしたので、もうわかっている。

催眠をかけながらではあるが、琴音には「自分とセックスした」ということを認識させるやりかただ。

幹生はおっぱいを揉みながら、さらに乳首をひねりあげる。

「あっ、アンッ……」

琴音は処女とは思えぬ艶めかしい声をあげ、物欲しそうに袴を穿いた下半身をこちらにすりよせてくる。

おそらく心の中では抵抗しているのだろう。

だが、意識ははっきりしているのに、指一本自由に動かせない。

そのうち心も支配され、催眠を解いても自分のことが好きになってくるのだ。

(くうう……最高だよ、琴音ちゃん)

Eカップのバストをもみもみしていくと、琴音は身をよじり立てて息づかいを荒くしていく。

「んんっ、んんうっ……」

乳房を片手で揉みながら、ふたたびキスをする。

するともう昂ってどうしょうもない、というふうに情熱的に舌をからめてきて、ベロチューを琴音からしかけてくる。

(ああ、すごい……琴音ちゃんが欲情してる)

感動で身体が震えてきた。

恋い焦がれていた、あの琴音だ。

催眠状態であろうとも、うれしくて仕方がない。

ぴちゃぴちゃと唾液の音を立てながら、幹生からも舌をからませていく。

「ううん……んぅぅ……」

悩ましい鼻息を漏らし、いよいよ袴姿の琴音から、しがみついてくる。

(ギュッとされて……ああ……気持ちいい)

「ンフッ……ンンッ……ぅんんっ……」

息苦しいほどねっとりしたキス。

琴音の舌がまるで生き物のように動いて、口中を愛撫してくる。

もう脳みそまでとろけるほど、うっとりしてしまう。

(琴音ちゃんとのキス、気持ちいい……初キスのはずなのに……頭がいいから、学習能力が高いのかな、もうこんなエッチなキスを……)

幹生も負けじと舌を動かし、頬の内側などを刺激して、さらには唾液を送りこんでやる。

「んっ……んぅぅ！」

琴音は驚いたようにビクッとした。

しかし、それは一瞬だ。

琴音は恥ずかしそうにしながらも、口中に垂らされたツバを、こくこくと喉を動かして胃の中に流していく。

(ああ、飲んでくれた……)

うれしくなって今度は手を下ろしていき、朱色の袴越しの尻をまさぐった。

「んんっ……アアンッ」

尻のまるみにねちっこく手を這わせていくと、琴音は唇をはずして腰をうねらせた。

（た、たまらないな……）

成熟しかけの尻の張りつめ具合に、興奮がまた募る。

さらに袴の裾を強引にたくしあげていくと、真っ白い太ももが露になる。

「ああっ……」

琴音が恥ずかしそうに身をよじる。

幹生の目は、見事なまでにすらりと伸びた美脚に奪われる。

白い足袋だけを履いた脚がやけに艶めかしく、太ももの白さとムチムチさに、男の欲情がかきたてられる。

そのまま手を敏感な内ももに這わせていくと、

「くぅ……くぅぅ！」

と、琴音はくぐもった声を漏らして、ギュッと太ももを閉じた。

（え？）

急に恥ずかしそうにしたので、幹生はあっと思って、袴の裾をさらにまくろうとする。

すると、琴音が真っ赤な顔をして押さえつけてきた。

「だめっ……幹生くんでも、だめっ」

(え？)

催眠をかけていのに、ガードが堅いなんてありか？

(濡れているのを見られたくないんだよな、この反応は……)

もっと強い催眠をかけようか。

でも、そんなことしたら、平常時でも自分のことを好きにさせるという作戦が、うまくいかなくなりそうだ。

(あっ、そうだ)

「琴音ちゃん、もしかして濡らしてるのが恥ずかしいの？」

訊くと、琴音は目の下を真っ赤にして顔をそむけた。

(やっぱり……)

「そうなんだ……でも、うれしいよ……琴音ちゃんが感じてくれんだもんね」

やさしく言うと、恥ずかしそうに見つめてきた。

「うれしい……ホントに？」

「うん」

「エッチな女の子って思わない？」

「思わないよ。ホントにうれしい」

安心させることを言うと、琴音は安堵したような顔をした。

「私……濡れたこと、なかったの……でも電車の中で幹生くんに指でされて、すごく濡れちゃって……私、エッチな子なんだってずっと悩んでて」

琴音が、うるうると泣き顔を見せた。

（くうううう……かわいいっ……かわいすぎる）

「大丈夫……僕に身を任せて」

「……うん」

琴音が顔をそむけて目を閉じる。

白いおっぱいをさらしながら、震えているのがたまらなく健気だった。

そんな昂りを覚えながら、琴音の袴の裾を腰までまくっていくと、淡いピンクのショーツが見えた。

袴の中の熱気がムンとした中に、幹生は手を入れていく。

ショーツに触れる。

「あっ……！」

琴音がいやいやするように首を振る。

それでも、抗うことをガマンするように、ギュッと目をつむる。

（うわああ……）

言われたとおり、ショーツのクロッチはぬるぬるとしていた。

こんなに濡らしていたら、催眠にかかっていても、深い意識の中でいやがるのは当然だろう。

ショーツを脱がそうかと思ったが、清楚な袴姿のまま楽しみたくなった。

そのほうが、琴音も恥ずかしいだろう。

幹生は顔を近づけつつ、ショーツの股布を横にズラした。

「んん……ッ」

琴音が眉をひそめ、全身を強張らせる。

畳に仰向けにしたまま、琴音の袴の両足を開かせた。

「あああ……」

袴を穿いたまま下腹部を剥き出しにされたことで、ますます琴音は羞恥に身をよじる。

（むうう……す、すごい……）

湿った茂みの奥に、濃いピンクの花びらが見えてくる。

(こ、これが……琴音ちゃんのおま×こ……)

ものすごい光景だった。

薄桃色の粘膜がぬめぬめと濡れ光っている。

上部のクリトリスは真っ赤に充血し、恥毛はおろか、内ももまでも琴音の漏らした愛液でびっしょりだった。

強い磯のような匂いは濃厚で、これが処女の匂いなんだとうっとりしてしまう。

「こんなに濡らして……」

幹生は言いながら、女の亀裂に舌を這わせた。

「あんっ……！　あっ……あっ……」

琴音は今までにない甘ったるい声を漏らして、ハアハアと息を乱す。

「だ、だめぇ……そんな汚いところ舐めるなんてっ……恥ずかしい……」

M字の脚を閉じようとする。

幹生はしかし、さらに濡れそぼる内部を舌でこすりあげていく。

「んんッ」

琴音は唇を嚙みしめて、ビクッと腰を跳ねあげた。

反応をうかがいつつ、さらに舌でねちゃねちゃと狭間をなぞる。

酸味が強く、生臭い。

それでもずっと舐めていたいほど甘美だった。

(琴音ちゃんのおま×この味……刺激的だ)

幹生は舌を上部の肉芽に押し当てて、つんとつついた。

「ああッ……幹生くんっ……いやあっ！」

琴音が顎をのけぞらせ、ビクンと腰を跳ねあげた。

「そ、そこはいやっ……そこはだめえ……」

愛くるしい目を涙で濡らして、美少女がつらそうに見つめてくる。

「どうして。ここ、気持ちいいんでしょう？」

「だっ、だって……だって……」

何度も訴えてくるが、感じているのは間違いない。

「もっと感じて、琴音ちゃん」

幹生はニヤリ笑うと、クリトリスを舐めるだけでなく、口に含んでチューと吸いあげた。

「くぅぅぅ！　だ、だめっ……ホントにだめっ……あ、あっ、あぅぅ」

琴音はビクッ、ビクッといやらしく腰を痙攣させて、袴をまくりあげた両脚をヒクヒクと震わせる。おっぱいが大きく揺れ弾んだ。

「あ、あれ……？」

慌てて舌を抜いてみれば、琴音はぐったりして、うつろな目をしていた。

5

「イッたんだね、琴音ちゃん」

幹生の言葉に琴音はきょとんとする。

「イクって……もしかして、私……今、あの……」

琴音は自分がどうなったのかわかったようで、カアッと顔を赤らめた。

「たぶん、そうだよ。女の子が気持ちよくて、達するってこと。琴音ちゃんのおま×こがひくひくしてた。間違いないと思う。どうだった？」

「……頭の中が真っ白くなっちゃった。すごく気持ちよくて、電車のときよりももっとすごかった」

「よかった」

「うん……恥ずかしいけど、うれしい……きっと幹生くんだからだね。はじめてなのに、こんなになるなんて」

琴音が濡れた目で見つめてくる。

もうその目は不安よりも、女になりたいと欲望にまみれている。

「あの……僕も……気持ちよくなりたい」

言いながら、幹生は制服のズボンとパンツを脱いだ。

屹立がビンとそそり勃ち、琴音は顔をそむける。

「まだふらふらするけど……でも欲しい。怖いけど、幹生くんとひとつになりたい」

(くうう。うれしいな)

催眠状態ではなく、普通のときも絶対に言わせたい台詞だった。

幹生は琴音に近づき、朱色の袴の脚を開かせた。

畳の上での正常位だ。

(い、いよいよだ)

全身が震える。

「い、いくよ……」

幹生が訊くと、琴音は目をつむり、こくっと小さく頷いた。

琴音の腰を持ち、濡れた花園に、はちきれんばかりの肉竿を押しつける。

息をつめて、正常位でゆっくりと挿入する。

「ぁああう……！」

琴音が感じ入った声を漏らし、しがみついてくる。

狭くてたまらないが、なんとか挿入する。

すると、穴がプツッとほつれる感触がして、押しひろげながら、ぬるぬるとハマりこんでいく。

「ああ……琴音ちゃん……ひとつになったよ」

琴音はつらそうに眉をハの字にしていたが、やがて視線を合わせてきて、ニコッと微笑んだ。

「うんっ……いっぱい……幹生くんのでっ……ああ……セックスってこういう感じなのね」

見つめてきて、抱きしめながらキスをする。

夢にまで見た行為だった。

（入ってる……すごい）

ペニスが、琴音の熱く濡れた粘膜に包みこまれている。

ぬるぬるしているのは破瓜《はか》だろうか。

結合部を見れば、わずかに赤い血がにじんでいた。

(ホントに処女だったんだ)

感動して、息をつめてググッと奥まで挿入する。

「ああ、琴音ちゃん……っ」

「ああっ、だめっ……あんっ……んうっ!」

と、夏美は背中を浮かせて、悲鳴まじりの喘ぎ声をあげる。

「い、痛かった?」

幹生は挿入をやめて訊く。

「……ちょ、ちょっとだけ……でも、こうしてると痛みが引いて……すごく幸せな気分になってくるの……」

「どうしよう、一回抜く?」

ちょっと気が焦ったかなと思ったが、琴音は首を横に振る。

「だめっ……抜いちゃ……あんっ……幹生くんを感じるの……だから、幹生くんにも感じてほしい……気持ちよくなってほしいから、私をしたいようにしていいよ……」

「琴音ちゃん……」

はじめてで、そうとう痛いだろうに……健気さに胸が熱くなる。

挿入したままじっとしていたら、軽く勃起が脈動した。

「あんっ……中で動いてるッ」

琴音がくすくす笑った。

幹生も笑う。

（ああ、かわいいなっ……）

黒髪の人形のような美少女は、笑うと本当に親しみやすくなる。

「少し……よくなってきた。幹生くん……動いてもいいよ」

言われるままに、両手で太ももを押さえながら、袴姿でショーツを横にズラしたままのおま×こに、根元まで挿入してみた。

「あううん……」

琴音が大きくのけぞる。少し引いて、また突き入れた。

「あっ、あっ、ああ……！」

短く歓喜の声をあげ、琴音が打ち震える。

ぐちゅ、ぐちゅと水音が立ち、勃起が媚肉に締めつけられる。

「うう、気持ちいいっ……」

ストロークしながら、琴音を見る。

「あ、あ……あんっ、すごい、感じる……奥まで入ってる……アンッ……声が、声がガマンできないっ……」

うわごとにように、琴音が甘い声を漏らす。

打ちこむたびに、美乳が縦に揺れて男の目を楽しませる。

射精しそうになるのをこらえ、揺れ弾む乳房を握りしめると、

「んっ……だめっ……ああん……ああんっ……」

やはり、おっぱいは感じるようだ。

むぎゅ、むぎゅと揉みながら、身体をまるめて乳首を口に含んで吸いあげる。

「あんッ」

琴音が大きく背をそらす。

「気持ちいい？　琴音ちゃん」

突き入れながら訊くと、

「あんっ……わからないけど、ジンジンするっ……っ……あううんッ」

琴音が愉悦に歪んだ悲鳴を放つ。

（もう大丈夫かな……催眠解けろ、完全にっ）

そう念じて、琴音に指を向ける。

だが、琴音の乱れきった様子はまったく変わらない。

(き、きた!)

心までも支配できたんだ。

完璧な計画だ。さらにピッチを速めていく。

「あううぅんっ……」

抜き差しするたびに、ぬるぬるの粘膜が男根にからみつき、ギュッとしてきた。

「あああ……だめだ。出そうだ」

抜かなければ、と思った矢先だ。

(いや、中出しだ……もう琴音ちゃんは僕のものなんだ)

「琴音ちゃん、もう出そうだ。いい?」

汗ばんだ肢体にしがみつきながら、琴音の耳もとに訴えた。

「あんっ、いいのっ。出して。琴音の中に……熱いの出したいんでしょう?」

「い、いいんだね」

「あん……わかってるわっ……でも、いいのっ……幹生くんのなら」

せつなそうな目で見つめてくる。

（お、おねだり……中出しのおねだりだ……）

「ああ、こ、琴音っ」

ギュッと抱きつき、奥まで突き入れたときだ。

「はああんっ、あぁッ……だめっ……ああんっ……イクッ……イッちゃぅぅ」

琴音が大きくのけぞった。

ガクッ、ガクッと痙攣しながら、膣がギュッと締めつけてくる。

「あ、ああ……出るっ」

熱いものが迸《ほとばし》った。

大量の精液が、琴音の膣奥に注がれていく。身体が痺れるようなすさまじい快楽に、脳がとろけて痺れていく。

「あんっ、きてるッ、すごいいっぱい……」

琴音は絶頂の余韻を引きずって、初エッチで恍惚《こうこつ》を貪っている。

たまらなかった。

この袴姿の美少女に中出ししたなんて……。

幹生はジーンとしながらも、長い射精に腰を震わせつづけるのだった。

第四章　恥ずかしい体位

1

テスト期間の最終日。

クラスメイトの良太と帰ろうと、いっしょに校庭を歩いているときだった。

青木と岡田が近づいてきた。

良太が身構えるが、青木と岡田の目は幹生しか見ていない。

「あ、あのさ、須藤くん……」

ふたりが猫なで声で、話しかけてくる。

「なに？」

「あ、あの……梨奈ちゃんをさ、今度のイベントにゲスト出演させたいんだけど、須藤くんに許可もらってきてって言うからさ……」

ふたりはペコペコ頭を下げて低姿勢だ。

つい最近まで虐《いじ》めていたというのに、なんという変わり身の早さか。

幹生は呆《あき》れた。

「どうしようかなあ……」

「頼むよ。梨奈ちゃんって人気なんだよねえ。来てもらわないと……」

「いいよ、じゃあ」

「おお、サンキュー……あとさ、琴音ちゃんも……」

「それはダメ。うーん、なんかそのイベント怪しいなあ。梨奈と琴音ありきで集客してるんじゃないの。やっぱり、やめた。ふたりともダメ」

「ええっ……ご、ごめんよ……そんなつもりじゃ……」

「いこ、良太」

幹生は関係ないとばかりに、良太の手を引っぱって歩いていく。

「すごいね」

良太が、ちらりとうしろを見てから言う。

「なにが？」

「だって……幹生くん、堂々としてさ。物怖《ものお》じしないっていうか、いくらジャックになったっていっても……」

「そうかなあ。なんにも変わってないよ」

と言いつつも、変わっただろうなと思っている。

催眠術のおかげで、なんにでも自信がついたのは間違いない。

ちなみに琴音が恵里香に進言してくれたおかげで、幹生は今、ジャックまでレベルアップをしている。

今クラスでは、幹生が梨奈と琴音の二股をしているのではないかと、その話で持ちきりだ。

（ああ、ここまで成長するなんて……）

今、クラスの序列は、琴音を除けば四番目らしい。

催眠術さまさまだ。

これがあれば、どんな高めな女でも堕とすことができる。

「須藤くん、ずいぶん調子に乗っているじゃないの」

うしろから声をかけられ、振り向いた。

「え、恵里香さんッ」

良太とふたりでたじろいだ。

「河村さんがどうしてもっていうから、ジャックにしたけど……ホントはあなたみたいなゴミなんか、ワナビーで十分なんだから」

えらい言われかただ。

今までなら、すごすごやり過ごしていただろう。

だが今は、自信にあふれている。

「ゴミなんかじゃないよ。僕は……いつか、僕の言うことを聞いてもらうようにするからね……いつかきっと、絶対に」

「な、なに、それ……私に宣戦布告のつもり？」

恵里香はフンと高い鼻をそらして、去っていく。

「……幹生くん、恵里香さんと幼なじみなんでしょ。どうして、こんなにつらく当たるのかなあ……」

良太が言う。それは幹生も不思議に思っている。

おぼろげな記憶しかないが、子どもの頃の恵里香はこんなに高飛車ではなかった気がするのだ。

「あっ、麻生さん、来たよ。僕……先に帰るから。じゃあね、幹生くん」

良太はそう言って、校門に向かって駆け出した。

「えっ……あっ、待ってよ」

幹生が呼びとめても、良太は無視して去っていく。

入れ違うように、梨奈が手を振りながら駆けよってくる。

相変わらず、ショートヘアにピアス、ブラウスのボタンをはずして小麦色の胸の谷間がちらりと見えているギャルな格好だ。

「幹生くん、いっしょに帰ろッ」

ギュッと抱きついてきて、首に手をまわされる。

ぐっとそのまま引き下ろされて、梨奈に唇を奪われた。ブレザー越しにふにょっとするおっぱいが押しつけられる。

「ンンッ……り、梨奈」

慌てて離れると、梨奈は「えへへ」と照れたように笑う。

「だって、幹生くん見てたら、チューしたくなっちゃったんだもん」

下校の男子たちが、羨ましそうにこちらを見ていた。

「わかった。じゃあ、いっしょに帰ろう……あれ」

「どうしたの？」

「部室に忘れ物しちゃった。待ってて」

戻ろうとすると、梨奈が袖を引っぱってくる。

「ねえ、梨奈も行くっ」

梨奈がギュッとしがみついてくる。

（くうう……た、たまらない）

漫画研究会は正式な部ではなく、サークル活動だ。そのほとんどが幽霊部員で、幹生もそうだ。

部室のドアを開けても、誰もいなかった。

テスト期間なのだから当然ではある。

「ああ、あった」

幹生はスマホを拾って電源を入れた。

「ええ……スマホを忘れたの？」

梨奈が驚く。

「うん。えっ、なんで驚くの？」

「だってぇ……私、スマホ忘れたら、もっと焦るもの」

「そっか。でも、別にすぐ使うってわけでもないしなあ……ん？」

梨奈がキョロキョロして、まわりを珍しそうに見ている。

漫研の部室は、中央に大きなテーブル、まわりの壁には漫画やアニメのポスターがびっしりと張られている。

「すごいねえ。あっ、このアニメ、梨奈も知ってるよ」

梨奈がポスターをマジマジと見ながら、はしゃいでいる。

(うーむ、すごい画だな)

男臭い漫研の部室に、ショートヘアのギャルな美少女が立っている。

こんなこと、今まで絶対にありえなかった。

(それにしても、梨奈の腰つきって色っぽいよな。それに、セックスのときの表情もエロいけど、こうしたなにげない表情もすごくそそる)

たまらなくなった幹生は鞄を置いて、ポスターを眺めている梨奈の細身の身体をうしろから抱きしめる。

「あんっ……ちょっと……だめっ、こんなところで……」

「さっき内鍵かけたからさ。いいでしょ？」

栗色さらさらヘアの甘い匂いを嗅ぎながら、硬くなったズボン越しの屹立を梨奈のミニスカート越しのヒップの狭間に押しつけてやる。

「あっ……」

梨奈がピクッと全身を震わせる。

「反応がいいね。もう受け入れ態勢できてるの？」

梨奈が肩越しに振り向いて、クリッとした目を向けてくる。

「……まあそうね……誰もいなかったから、ちょっと期待しちゃってたかも……」

大きくてまるい目が濡れていた。

幹生は抱きしめながら、梨奈の赤い唇を激しく奪った。

「う、ううんっ……」

すぐに梨奈も目を閉じて、どちらからともなく自然に舌をからませる。

（ふああ……梨奈とのキスっ……いつも甘くて、とろけそうになる）

ふたりでネチネチとツバの音を立てながら、舐め合い、鼻息荒くディープなキスに興じてから、熱いキスをほどいた。

「今日は梨奈を好きなようにしたいな」

「す、好きなように……って、いつもしてるじゃない」

苦笑している梨奈をかかえあげて、テーブルの上に仰向けに乗せる。

（いや、待てよ……いつも正常位だよな……）

幹生は梨奈の純白ショーツを脱がすと、自分も制服のズボンとブリーフを足首まで下ろして、パイプ椅子に座った。

「あのさ、上に乗ってくれないかな、抱っこするみたいな感じで」

梨奈が起きあがり、アイドルのようなかわいい顔を曇らせる。

「いやん……幹生くんたら。梨奈を上にして、恥ずかしい体位でさせるのね……」

と言いつつも、梨奈はノーパンのまま、椅子に座る幹生の腰に乗ってくる。

幹生は自分でいきった肉棒を持つ。

そして狙いを定めて、梨奈の膣穴に押しつける。

「あん……ッ」

梨奈が腰を落としながら、甘ったるく呻いた。

切っ先が温かい媚肉に包まれる。

梨奈も興奮していたのだろう。膣奥はすでに濡れていて、ヒダが奥まで引きこもうと収縮する。

「うう……き、気持ちいいよっ、梨奈」

腰を抱きつつ、幹生は見あげる。

（くう……すごい光景……）

自分の腰の上に、かわいらしいギャルが跨《また》がっている。

「ああんっ……恥ずかしいよぉ、幹生くんっ……」

目の下を朱色に染めて、梨奈が見つめてくる。

「恥ずかしいんだ。じゃあ、これは……？」

幹生は梨奈のブレザーのボタンをはずし、白いブラウスのボタンもはずして、前を開いた。

白ブラジャーをズリあげると、ゆたかなFカップのバストが露になる。

「いやっ……」

目の前で梨奈が恥じると、巨大なバストがぶるんっと揺れ弾んだ。

もう、ガマンできなかった。

対面座位のまま、おっぱいをギュッとつかみ、腰を浮かせて突きあげる。

「あっ……あんっ……いきなり、はげし……ああんっ……」

梨奈は首に手をまわし、しがみついてくる。

「おおっ……もうおま×こが、キュッと締まってくるっ……くうう」

たまらなかった。

いきなりフルピッチで梨奈の身体を浮かすほど、下から腰で穿《うが》つ。

じゅぷっ、じゅぷっと愛液の音が響き、媚肉がキュウウと締めつけてくる。

「ああ、梨奈っ」

腰に手をまわし、抱っこしながら梨奈の身体をえぐっている。

すでに梨奈の女性器が、幹生の肉棒の形になじんできているようだ。

「あんっ……あうぅうん……ああんっ、ダメッ。そんなに激しくされたらぁ」

梨奈はしがみつきながら、早くも自分から腰をくねらせはじめた。

悩ましいまでのヒップの動きが、気持ちよさを倍増させる。

ねちゃっ、ねちゃっ……。

蜜がますますあふれて、水音がひどくなる。

結合部はもうぬるぬるだ。

だから、スムーズに奥まで切っ先が届く。

子宮口に達すれば、梨奈は「ああんっ」と甘いよがり声を漏らして、うっとりと口づけをねだってくる。

対面座位で抱っこしたまま、ベロチューする。

すると梨奈はとろけ顔を披露して、腰の動きを速めてきた。

「ああんっ……み、幹生くんっ……すごく気持ちいいっ。ああんっ、もうダメッ、もう私、なんかくるっ……ああんっ！」

細眉をつらそうに歪めて、せつなそうに見つめてくる。

「イキそうなの？」

訊くと、梨奈はこくこくと大きく頷いて「どうしたらいいの？」という悩ましい顔を披露する。

「いいよ、もっとだ……イッてしまえばいい」

自分のチ×ポの気持ちよさを、梨奈の身体のすみずみまで刻みつけたかった。

「もう誰にも渡さないよっ。梨沙のここは僕専用のおま×こだね」

「ああんっ、そうよ……梨沙のここは……幹生くんのものなの。だから、なんでもするからっ……ああんっ、激しいっ。イクッ……そんなにしたら、イッちゃうから！」

細身の身体が小刻みに震えてきた。

おっぱいが揺れて、乳頭は痛そうなほどとがっている。

乳首をキュッとつねりながら突きあげると、一気に蜜壺がキュッと締まり、身体を預けるように、ギュッとしがみついてくる。

「ああんっ……だ、ダメッ……イクッ……ああッ、イクぅぅ！」

膣がさらに食いしめてきた。

「ぐううう、ああ、僕も……」

あまりの気持ちよさに、幹生も呻きながらドクッ、ドクッと射精していた。

子宮口に向けて切っ先から噴出し、熱く濡れた梨奈のおま×こを、自分色に染めあげていくのだった。

2

「あ、あんっ……そこ……あああんっ、気持ちいいっ……ああん」

テーブルの上で横臥《おうが》した梨奈に、幹生は激しいピストンをくり返していた。

片脚を大きく上にあげさせて、その脚を支えたまま、もう片方の脚に跨って挿入する体位……松葉崩しで、幹生は二発目を楽しんでいる。

「あんっ……続けてなんてダメッ……ああ、またイッちゃう……ゆ、許してよぉ……お願いだから、少し休ませて……」

梨奈は泣きそうな顔で哀願してくる。

しかし、その表情が嗜虐を煽ってくるのは間違いない。

「だめだよ。梨奈は僕のチ×チンのことだけ考えてればいいんだ。これから連続でイクんだよ」

「ああんっ、そんな……つ、続けてなんて……そんな……死んじゃうっ……ああんっ、だめぇぇ」

　普段はかわいいギャルとしてチヤホヤされている梨奈が、今は制服をはだけたまま、汗まみれの格好で男のチ×ポに翻弄《ほんろう》されて、泣いてしまっている。

　幹生は昂り、ますますピッチをあげて、さらにグイグイと腰を使う。

「ああ……もう、ダメッ……またイクッ……ああんっ、イッちゃううう、幹生くんのオチ×チンで、またイッちゃううう！」

　梨奈が痙攣しながらも、膣粘膜で勃起の根元を締めつけてくる。

「くうう、で、出るよっ。また中に出すよっ」

　幹生はぶるぶるっと震えながら、ドクッドクッと梨奈の中に注ぎこむ。

　二度目にもかかわらず、おびただしい量が放出されて、あまりの気持ちよさに意識が霞《かす》んでいく。

「ああんっ……す、すごい……もう梨奈のおなかの中、幹生くんの出したもので、いっぱいになってる……温かいっ」

幹生が肉竿を抜くと、どろっと白いザーメンがあれてくる。

「あん……幹生くんの熱いの、こぼれてきちゃう」

中出しの光景が、なんともエロティックだった。

梨奈がティッシュを探しているので、幹生は「待って」と声をかける。

「ねえ、梨奈、僕の精液を入れたまま、下着を穿いてくれないかな」

幹生の言葉に、梨奈が目の下を赤く染めて睨んでくる。

「幹生くんったらあ……いっしょに帰ってるときに、ショーツからこぼれてくるかもしれないよ」

「だってさ、梨奈の中に僕の精液がずっと入ってるって興奮するんだもん」

「もうっ……うれしそうな顔をして……」

梨奈がすっとよってきて、キスをしてくる。

そのときだった。

ドアがカチャカチャと音を立てて、ふたりで顔を見合わせた。

「あれ、鍵かかってる。誰かいるう？」

漫研の部員の声だった。

「あっ、待って。須藤だけど……今、開けるから」

ふたりは慌てて服の乱れを直した。

梨奈がまだ膣内にザーメンを入れたまま、ショーツを穿いていた。慌てたままでも興奮してしまう。

臭いが籠もっているから、少し窓を開けてからドアを開いて幹生が訊く。

「どうしたの？」

「どうしたのって、須藤くん、なんで鍵なんかかけてたの？」

三人の部員が入ってきて、梨奈を見て「あっ」という顔をする。

「ごめんねえ、部外者が入ってて。幹生くんについてきちゃったの。だめだったら出ていくけど」

梨奈が愛想よく三人に話しかけて、幹生は感心した。

よくまあはじめての人間に、ここまで親しくできるものだ。

三人は照れたようにもじもじして、

「えっ……いや、別にいてもいいよ」

と、梨奈と目を合わさずに、部屋に入ってくる。

「あれ、テスト期間中なのに……なんかあったっけ」

幹生が訊く。

三人のうちひとりが、

「いやさあ、同人誌の締切が間に合わなくて……今日、しあげしとかないと」

いつもと違い、おどおどしながら話してくる。

梨奈がいるせいだろう。

(僕もこんな感じだったんだろうな……)

なんか今は、まるで別世界の住人の気がする。

申し訳ないが、優越感でいっぱいになる。

「ねえ、幹生くん、邪魔になるわよ。行きましょう」

梨奈が手をつかんで、うながしてくる。

見ると、顔が真っ赤に染まって、太ももが震えている。

(……ザーメン、こぼれちゃいそうなんだな)

おそらく今、ショーツの股布に精液が染みてきているのだろう。

(そ、そうだ……)

幹生はニヤッとした。

「ねえ、そういえば、女の子のポーズで描《か》きにくいものがあるって、前に言ってたよね」

部員たちが顔を見合わせる。

「ああ、あるけど……」

幹生はフフッと笑った。

「あのさ、これから梨奈がポーズとるから、描いてみたら？」

思いきって言うと、梨奈が怒って肩をたたいてきた。

「えっ、いいのかい」

部員たちが色めき立つ。

梨奈は眉をひそめるも、

「わ、わかったわよ……いいわよ。どんなポーズをすればいいの……？」

幹生を睨みながら、梨奈は「ハア」と大きなため息をつく。

（エッチしたばっかりで、たっぷりと精液が入った身体を見られるのは、いやだろうな）

いつものかわいらしいアイドル顔が、少し汗ばんでいてエロティックになっている。

三人はひそひそ話し合ってから、おずおずと口を開いた。

「あ、あの……できたら、四つん這いで……」

梨奈が目を剝いた。

「……ちょっと、うそでしょう……ミニスカートよ。調子に乗らないでっ」

梨奈が三人を睨みつける。

昔、幹生に見せたような、本気の凄《すご》みだ。三人がおののいた。

「梨奈ッ、そんなに怒らないで。見えないようにすればいいじゃない」

幹生が三人に助け船を出すと、彼女は「うー」と唸りながら、

「ちょっと、あなたたち、向こうを向いてッ……!」

と、強い口調で言ったので、慌てて三人ともが壁のほうを向いた。

梨奈は幹生にかがめと合図してから、幹生の前で恥ずかしそうにミニスカートをまくりあげる。

(おお……)

純白ショーツのクロッチに、大きなシミができていた。

「ねえ、まだお腹にいっぱい入ってるの。絶対にこれ、見えちゃうよぉ」

梨奈がひそひそと、小さい声で哀願する。

「見えないようにすればいいよ。梨奈、僕の言うことはぜんぶ聞くって言ったよね」

「……そうだけど……」

梨奈はつらそうな顔をして、ちらりとうしろの三人を見た。

ためらっていたが、

「わかったわ……あん、幹生くんが言うならよ……」

と、テーブルの上に自らあがって、犬のような四つん這いになった。

（おおお！）

幹生の立っている位置から、梨奈のヒップが見えた。

ミニスカートが持ちあがって、ちらりと白いショーツがのぞけてしまっている。

「ああっ……あなたたち……こっち向いていいわよ」

「おおっ……」

三人が驚いて声をあげる。

本当に四つん這いの格好をするとは思わなかったのだろう。

「ポーズしてるのも大変だから、早く描いてあげて」

幹生が言うと、三人は「うん……」と生返事をしてからスケッチブックを取り出して、描きはじめる。

「うう……」

梨奈が嗚咽《おえつ》を漏らして身体を震わせる。

（もっと恥ずかしがらせたい）

幹生は近づいて、四つん這いになっている梨奈の、ブレザーとブラウスのボタンをはずしていく。

「えっ……ちょっと……」

さすがに梨奈が焦った顔をするも、

「こういうセクシーなのも、なかなか描く機会がないからね」

適当なことを言いながら、ブラジャーもズリあげて、ナマのおっぱいを露出させる。

「うおっ……」

三人が身を乗り出して、唾を飲みこんだ。

「ああんっ……いやあ……」

四つん這いで梨奈が身をよじれば、Ｆカップのバストが下垂しながら、ぷるるんっと揺れて、男たちの目を楽しませる。

「ねえ、梨奈……そのままスカートの中に手を入れて、指で触ってみて」

幹生の過激な台詞に部員たちが手をとめて、こちらを見た。

梨奈もハッとこちらを向いて「もう、やめて」という顔を見せてくる。

「早く、梨奈」

急《せ》かすと、唇を嚙みしめていた梨奈は、やがて四つん這いのままスカートの奥に手を差し入れる。

そして震える手を動かしはじめ、ショーツの上から股間をさすりはじめた。

ショーツの上からのオナニーだというのに、ぬちゃ、ぬちゃという温かな湿り気の音が聞こえてくる。愛液と、中出ししたザーメンの音だろう。

「うっ……」

その音が恥ずかしいのか、梨奈は唇を噛みしめたまま、何度も顔を横に振る。

「つ、続けて……梨奈」

淫靡な水音が聞こえてきて、幹生の怒張がピクピクと震える。

梨奈は四つん這いのまま、さらにショーツのクロッチを指で押さえつけて、肉溝を刺激する。

「あンッ……」

と、あえかな声をあげた梨奈が、腰を揺らめかした。

もう三人の部員たちは総立ちだ。

目を大きく見開いて、梨奈の痴態を眺めている。

さらに梨奈が激しく自らの秘部を中指でこすると、クチュ、クチュという水音がもうはっきりと聞こえてくる。

「うわあっ。梨奈……いやらしい音……みんなに聞こえてるよ」

「ああん、いやっ……言わないで」

と、すすり泣きしつつも、もう梨奈もこういった異常な行為に昂ってしまったのか、さかんに手を動かして、ハアハアと息を荒らげている。

「んっ、ンンンッ……だめっ、だめなのに……」

梨奈は半開きになった口唇から「あっ、あっ」と、色っぽい声をひっきりなしに漏らす。

部員たちが見ている前で、ギャルでかわいい美少女は、ザーメンまみれの秘部を指で愛撫して、快感を貪っていた。

見られていることが感じるようだ。目の下にいやらしい赤みを携えた美少女のオナニーはなんとも淫らで、やらせているこちらまで息がつまりそうだ。

「んん……あああ……だめっ……ンッ」

梨奈が「あっ」と声を漏らし、四つん這いの背を大きくのけぞらせた。

ブルブルッと震えて、身体を強張らせる。

(えっ、イッた……うそだろ……みんなの前でイクなんて)

幹生が呆気にとられていると、太ももに白濁液がツゥーと垂れるのが見えた。

（ぼ、僕のザーメン……逆流して、漏れてきちゃったんだ）

幹生は慌てて梨奈の前に立つ。

「ご、ごめん。みんな、終わり。これで終わり」

呆然とした三人を残し、幹生は梨奈の手を引いて部室から足早に出ていった。

3

「ああん、もう……梨奈をあんなふうに見世物にしてッ……あっ、ああっ……」

梨奈は個室トイレの壁に手を突き、色っぽく喘いでいた。

幹生がもうガマンできないと、近くの男子トイレの個室に入り、バックから犯したのだ。

背後からパン、パンと激しく突き入れてつつ、ブラウスの前ボタンを開いて、露になった乳房を揉みながら、幹生が訊く。

「でも、見られて気持ちよかったんでしょ」

「あ、あんっ……そ、それは……」

答えない梨奈をお仕置きするように、背後から硬くなった乳首をキュッとつまみあげてやる。

「あううっ……き、気持ちよかったよ……幹生くんが見てる前で、梨奈、ほかの男の子たちにレイプされている気分になって……」

「すっかり淫乱な子になったね、梨奈」

グイグイとイチモツでバック姦しながら、幹生は梨奈のショートヘアの頭をなでなでした。

「ああんっ、だって……幹生くんが、エッチなことばっかりさせるからぁ……梨奈、すごいエッチな子になっちゃった」

「梨奈はこうして僕にヤラれるの好きなんだよね。なんでもしてくれる？」

「あんっ、ああんっ……な、なんでもするわ。大好きっ。幹生くんのザーメンまみれにされるの大好きっ」

梨奈も物欲しそうに可憐《かれん》なヒップをくねらせはじめた。

「ああ……梨奈……気持ちいいよ。じゃあ、言って。梨奈は僕専用のおチ×ポ奴隷になりましたって」

「あん、梨奈は……幹生くん専用のおチ×ポ奴隷になりました。あんッ……幹生くんのおチ×ポ好きなのっ……ああんっ……大好きッ……気持ちいいよぉ！」

おチ×ポ奴隷、という台詞を言った瞬間に、梨奈のおま×こがギュッと締めつけてくる。

「くうう……よくできました。えらいよ、梨奈。うれしいんだね」

「あんっ、うれしい、うれしいの……あんっ……あああ……イクッ、またイッちゃううう！」

梨奈はビクン、ビクンと激しく身体を痙攣させ、トイレの壁にもたれながら悶絶する。

こちらも限界だった。

三度目にもかかわらず、濃厚なザーメンを梨奈の子宮に注ぎこんでいく。

学園でもトップクラスにかわいいギャル美少女を、ついに陥落させたという満足感に、幹生の身体はしばらく打ち震えていた。

4

その日の夜。

「んうう……」

自室で勉強していた琴音は、机に座りながら、そっと左手をパジャマの股間に忍ばせてしまった。

（勉強が手につかない……あんっ……アソコがキュンキュンしてる……ッ）

今度はパジャマの上からではなく、じかに触れたくて、ショーツの中に指を差し入れる。

おそるおそるワレ目に指を這わせると、クチュという音がした。

「いやっ……」

琴音は顔を振った。

（やっぱり濡れてる……）

勉強していて、濡れたことなど今までなかった。

だが、この二、三日……夜になると身体が熱く疼いてしまう。

（私、こんなにいやらしい子になっちゃったの……？）

そう思うのに、指はとめられない。

ワレ目をなぶり、そこから上部にある小さな豆を指で弾く。

「あんッ」

琴音はビクッと震えて、甘い声を漏らしてしまう。

（幹生くん……）

はじめてする自慰行為で、頭の中に浮かべたのはクラスメイトの幹生だった。

いや、違う。幹生は今の恋人だ。

書道部の部室で、袴姿でセックスをして以来、幹生のことしか考えられなくなってしまった。

最初は無理やり……だったような気がする。

だが、今は勉強が手につかなくなるほど、すぐに彼とのセックスやキスの気持ちよさをまざまざと思い返してしまうのだ。

胸の奥がせつなくなる。

琴音はパジャマのボタンをはずして、乳房を右手で揉みしだいた。

「あううっ……」

おっぱいの先から痺れがひろがり、腰の奥がジクジクと熱く疼いてしまう。

家に帰ってからずっとノーブラなのは、ブラジャーがきつくなってきたからだ。

このところ、おっぱいの張りが強くて、乳首がカップに強くこすれると、甘い疼きが生じてしまう。

（Eカップじゃ、小さいのかな……今度ランジェリーショップに行ってみないと）

成長過程なのだろうか。

こうして揉んでいると、なんだか以前とまるみや、やわらかさが違う気がする。

(幹生くんに、いっぱい揉まれたから……?)

「あっ……あっ……」

淫らな妄想で、ますますクリトリスをなぶる指の動きが、自然と激しくなってしまう。

「あんっ……ああんっ……」

そのときに、机の上のスマホがバイブで震えた。

表示窓を見れば、真人からだった。

(だめっ……今、邪魔しないで……!)

と思いつつも、真人って誰だろうと考える。まったく思い出せない。

そのまま着信を放っておきながら、琴音は指をいよいよ膣の奥にぬぷりと差しこんだ。

その瞬間、意識が飛んだ。

(ダ、ダメッ……いやっ……いやぁぁ……幹生くんっ……あんっ……イクッ……)

「ンンンンッ……」

琴音は手のひらで口もとを押さえて、嬌声を防いだ。

下の階にいる母親と父親にはしたない声を聞かれたくない。

「ンンッ……ンンンッ」

琴音の全身に弱い電流が走り抜け、瞬間、なにも考えられなくなる。

(ああン……幹生くん……指を入れただけで、イッちゃった。イクって言葉……私、普通に使ってる……)

まだ真人には正式に別れ話は伝えていない。

どうせ最初から強引で、無理やり恋人にされたようなものだ。

性行為どころか、キスもまだだった。

ところで、なんで彼のことなんか恋人と思っていたのだろう……。

あれ……真人ってなに?

そんな人、もともといたんだっけ……?

次の日。

(あん、身体が……疼いちゃう……)

琴音は登校してからずっと、秘部の熱い疼きを覚えていた。

授業中にもかかわらず、ミニスカートから伸びた下肢をもじつかせている。
（幹生くん……）
熱い視線の先には、幹生が座っていた。
見ているだけで、キュンキュンと膣奥が疼き、身体が熱く火照ってしまう。
（授業なんて、早く終わって……お願い……）
ちらりと時計を見ながら、ハアハアと息を荒らげていた。
まるで高熱にうなされたようで、視線の先も霞《かすみ》がかっていく。
（幹生くん……私だけを見てくれたらいいのに……）
ここまで幹生に熱をあげている理由はわかっている。
嫉妬だ。
同じクラスの麻生梨奈に、琴音は嫉妬してしまっていた。
本当は彼を独占したい。
（私が、ふたり同時につき合うような人を好きになるなんて……）
とはいっても、ひとりに決められない彼のやさしさも愛《いと》おしいと思う。
（あ、なに……）
ミニスカートのショーツの奥が、じゅんと疼いた。

琴音はまわりを見てから、そっとスカートの中に手を入れて、クロッチの部分に軽く指を当てる。

「ンン……」

身体に電流が走り、わずかに身体をよじらせる。

(だめっ……授業中なのに……)

それでも幹生を見つめて生じる昂りが抑えられない。

(ああ……)

そっと内ももをすり合わせると、股間の奥でクチュと卑猥な音がした。

琴音はなんとかたえようと額に汗を浮かべつつも、机の下で下肢に力をこめていた。

しかし、指で送られる快感には抗えない。

クロッチを軽くこすれば、ガマンしきれずに微妙に腰が動いてしまう。

(授業中にするなんて……だめっ)

いけないとわかっているのに、琴音の指が股布のスリットを押さえつけると、やわらかい肉がクニュッと沈みこんでいく。

「ンン……」

頭がくらっとする。気持ちよくて全身がとろけそうだ。

（私、授業中にオナニーしてる……とめないと気づかれちゃう。それなのに……とめられない……）

琴音は真っ赤に顔でうつむき、何度もショーツの上を指でこする。

「ハア……ハアッ……」

ふいに力が抜けそうになり、とろんとした目でまわりを見る。

気づかれてはいないようだが、様子をチラチラと見ている男子がいる。

（ああんっ……だめっ。とめないと……）

なのに、クロッチに触れる指の動きを速めてしまう。

「んっ……」

（ああ、もうおかしくなりそう……お願いっ、私を見ないで……）

心の中で叫んだ直後、腰に激しい痙攣が走り抜ける。

（イクッ……イッちゃう……授業中にイッちゃうぅッ……）

ついにこられえらなくなり、琴音は顔をうつむかせ、ブルッ、ブルッと大きく震えた。

目の前が真っ白になる。

必死に声を押し殺しながら、すさまじい快感を受けていたときだった。

「大丈夫？　琴音」

隣の席の子が声をかけてきた。

「う、うん……」

と頷くも、今、自慰行為を見られたのではないかと思って、ドキドキして顔もあげられなくなっていた。

淫靡な匂いが鼻先に漂ってくる。

「先生……琴音が、具合悪そうです」

隣の子が心配して教師に訴えてくれた。

しかしだ。そのせいで、琴音は注目を浴びてしまう。

ますます顔がカアッと赤らみ、呼吸が苦しくなってくる。

「河村さん、もしそうなら、保健室に行ったらどうかな」

黒板にチョークで文字を書いていた教師が、心配そうに見つめてくる。

「僕がついていきます」

手をあげたのは、幹生だった。

そういえば、保健委員だったのだ。キュンとした。

琴音は幹生に連れられて教室を出た。

5

「お願い……幹生くん、もう、だめっ……もう、だめなの……」

琴音は保健室に入った瞬間に、幹生に抱きついてきた。

(完全に催眠が解けたというのに……こんなあられもない姿に……)

たまらなかった。

琴音をベッドの上で四つん這いにさせて、ミニスカートをまくりあげた。

「あんっ……お願いっ、幹生くん……早くっ……うしろから犯してッ……」

清楚な黒髪美少女が、ピンクのショーツに包まれたヒップをくねらせて、おねだりしてくる。

すごい光景だった。

いつもは可憐で、誰にもやさしいあの美少女が……。

今はうっとりした目でお尻をこちらに向けて、フリフリと淫らで浅ましい姿を見せつけてきている。

「いいよ。いっぱいイカせてあげる。琴音ちゃんの身体は、僕がいちばんよく知ってるんだから……」

「そうよ。キスもエッチも、みんな幹生くんのしか知らないもの……」

ショーツをズリ下げると、濡れきったヴァギナの上部に、可憐な排泄穴が見えた。

(昨日、AVで見たんだ……いっぱい濡らせば、ここもすごく感じるって)

唾を飲みこんだ。

できるだろうか……。

でも、キスもバージンも琴音のものを奪った。

お尻の穴も自分のものにして、この美少女のすべてを奪いたい。

自分とのセックスの快楽を全身に刻みつけたい。

好奇心に駆られて、幹生は保健室の棚から消毒液を持ってきた。

自らの指にたっぷりかけてから、琴音の肛門に押しつける。

「えっ……み、幹生くんっ……どこを触ってるのっ」

琴音が慌てたような声をあげ、四つん這いのまま肩越しに振り向いた。

「ここも気持ちいいって、昨日、動画で見たんだ。怖かったら、やめるけど」

「……お、お尻……うそ……そんなところで……汚いのに……」

ショックだったようで、琴音の顔が強張っている。

「汚くなんかないよ。琴音ちゃんなら、どこもキレイだよ」

幹生は必死に言う。

逡巡《しゅんじゅん》していた琴音だが、やがて顔を赤くして、うつむきながら口を開いた。

「……いいよ。幹生くんがしたいなら……私のお尻も奪って……」

ハの字にした眉でこちらを見た。

相当な決意がいったのだろう。泣きそうな顔だ。

すでに深い意識の中まで幹生に洗脳されていても、ついこの前までキスもまだだったウブな美少女にはつらすぎる選択だろう。

それでも、やりたかった。

琴音を完全に自分のものにするために。

「じ、じゃあ、いくよ……」

「うん」

琴音は桃尻を掲げて、震えている。

幹生はその深い尻割れの奥に鎮座する排泄の穴に、消毒液のついた指を押しつけた。

「きゃうううんっ」

琴音は甲高い声で叫んで、背をのけぞらせた。

狭い肛門はキュッと括約筋が締まり、指を食いしめてくる。

おま×この締めつけより、かなりキツそうだ。

「大丈夫？」

「う、うん……あうん……んんうっ」

琴音は大きく身もだえし、ブレザーの背中を何度もしならせる。

黒髪がほつれて見えたうなじは脂汗がにじみ、琴音が苦悶に打ち震えているのがはっきりとわかった。

「ううんっ……ううんっ」

琴音は苦しげに呻くものの、わずかに慣れてきたようで、肛門が指を食いしめたり少し緩めたりするようになってきた。

出し入れすると腸液だろうか、オツユがあふれてきて、スムーズに指が抽送をはじめる。

「あんっ……あんっ……なんか……あんっ……へんな感じ……お尻に、幹生くんの指を感じるなんて……」

やはり、慣れてきたらしい。琴音がうっとりした顔を見せてくる。

指を抜き、琴音の頭を下げさせて、美しいお尻を高く掲げた格好にさせる。

「これでいいのね……」

琴音は緊張した面持ちで目を閉じる。

制服を着たままの清楚な美少女が、白いヒップを持ちあげて、アヌスを貫かれることを待ち望んでいる。

ズボンを下ろすと、猛烈に滾ったものが顔を出した。

黒髪の美少女のお尻を犯すことに、猛烈な背徳感と興奮が渦を巻いている。

「ゆっくり入れるよ。力を抜いて……」

「う、うん……ハア……ハア……ああ……」

琴音は力を入れないように、何度も深呼吸する。

窄まったりひろがったりするピンクの穴に、切っ先をグッと押しこんだ。

「ううううんっ……」

琴音はくぐもった声を漏らし、背中をそらせた。

「うわっ、強い……」

根元が締まって、食いちぎられそうだった。

それでも入れたままでいると、緩くなってきたので、ゆっくり出し入れする。

「ハアアアア……あぁんっ……へ、へんな気分……あんっ」

「少ししたら出し入れにも慣れるよ……ああ、気持ちいい。締まりがすごい……ああ……琴音ちゃんのお尻ももらっちゃったんだね」

「うん、私の身体、ぜんぶが幹生くんのものよ……あんっ、あんっ……」

締めつけがさらに強くなる。

美少女とのアナルセックスという夢心地もあり、幹生はもうガマンできなくなっていた。

「くうう、お尻、よすぎる……ガマンできないかも……」

「あんっ……強いッ……ああんっ、こわれちゃう……お尻が、ああんっ」

やはり、ピストンされるとつらいのだろう。

肉茎を排泄する穴に打ちこまれた琴音は、ハアハアと息を乱し、ヒップをくねくね揺すっている。

「くうう……琴音ちゃんのお尻、気持ちいい……で、出るっ」

歓喜の声をあげながら、幹生は欲望のままに琴音の直腸に向かって射精する。

「ひゃあああんっ……お尻が熱いっ……あんっ……あああっ」

ドクンッ、ドクンッ……。

排泄する穴の奥に向けて熱い体液を注ぎこむ。

琴音は両手でシーツを強くにぎり、ぶるっ、ぶるっと震えている。

「ハアッ、ハアッ……」

やがてぐったりとした琴音は、性器を抜かれたあとに、ぐったりとベッドの上につっぷした。

「琴音ちゃんの、ぜんぶもらったよ」

幹生が顔を近づける。

「うん……うれしい……」

琴音は凄艶な顔を近づけて、キスをしてくるのだった。

6

(どうなってるの……いったい……)

姫野恵里香は保健室のドアからのぞいた光景に絶句した。

琴音と幹生があろうことかセックスをしていたのだ。めまいがした。

本来なら出ていって、叱り飛ばすところであるが、相手があの琴音であるために躊躇してしまった。

恵里香はそこを離れて歩き出した。

（須藤幹生……あいつがどうして……）

目立たない陰キャだったのに、今は琴音と梨奈とつき合うようになって、言動もそれまでとは打って変わって明るくなってきている。

絶対になにかあったのだ。

調べてみる必要がある。

（あんなやつ、ホントはワナビー以下なのに）

子どもの頃、恵里香は、じつは幹生に好きだと告白したことがあった。

しかし、気持ち悪いとか言われて、いまだにトラウマだ。しかもそのことを完全に忘れているから、本当に腹が立つ。

「ねえ、あなたたち」

恵里香は探していたふたりを見つけて声をかけた。

校舎の裏でたむろしていた青木と岡田は、恵里香の姿を見かけて、ギョッとして立ちあがった。

「え、恵里香さん……」

「な、なに？」

緊張の面持ちでいるふたりに、恵里香はサラサラした髪をかきあげながら、近づいていく。

「須藤くんのことが訊きたいの。最近よくいっしょにいるでしょ？」

言うと、ふたりは顔を見合わせる。

「須藤くんがどうかした……？」

「あの人がどうしてこんな短期間で変わったのか知りたいのよ。クラスの風紀のために……二股なんて許せないわ」

「どうしてかって言われてもなあ……」

「うーん」

ふたりは考えこんでから、岡田が「ああ」と思いついたように口を開いた。

「なあ、あれ、おかしかっただろ。あいつ、梨奈ちゃんに指を向けてさ」

「ああ……あれな」

ふたりの言葉に、恵里香は眉をひそめる。

「指を向けて……どうしたの？」

「いや、指を向けて……僕が好きで好きでたまらなくなるとか、呪文みたいにぶつぶつ言っててさ……薄気味悪かったよなあ。そのあと、梨奈が豹変《ひょうへん》したんだよなあ」

恵里香は「うーん」と唸った。

ほかには、と訊いても、特にないとふたりは口を揃《そろ》える。

「ありがとう」

恵里香はふたりから離れ、歩きながら考えていた。

(ちょっとオカルトじみてるような……でも、いちおう調べてみようかしら)

とにかく、須藤幹生の豹変は看過できない。

支配する者。

支配される者。

その絶対的な権力差は、いずれ社会に出たときにも必ず役に立つはずだ。

特に子どものときとはいえ、自分を無碍《むげ》にした幹生にはそれ相応の罰を与えなければならないのだ。

第五章　ラスボス美少女のツンデレ顔

1

朝。
幹生は布団の中で大きく伸びをすると、人の気配を感じた。
（えっ……？）
布団をそっとめくる。
こちらに背を向けて寝ているパジャマ姿の、小柄な女の子がいる。
（また岬……）
ほっそりした肩と折れそうな腰は、中学生らしい幼さを感じさせる。

しかしまるく張りつめたヒップを見ていると、ついついムラムラしてしまう。

「あっ、お兄ちゃん、起きたね。おはようッ」

くるりと振り向いて、クリッとした大きな目で見つめてくる。

布団の中に甘酸っぱい女の子の匂いが充満する。

(くうう……やっぱり、かわいいよな……うおっ……)

パジャマの襟ぐりから、ふくらみかけのおっぱいと乳首が見える。

「いやだっ……お兄ちゃんてばっ」

岬がハッとして、胸のあたりを押さえて睨んでくる。

「いや、見てないって」

「うそっ。でも見たいなら、そう言ってくれればいいのに……お兄ちゃんの性処理相手になってあげるのに……」

「せ、せいしょ……って、なに言ってんだよ」

と慌てていると、岬はパジャマのボタンをはずし、おっぱいを見せてきた。

小さくて薄ピンクの乳首。幼いおっぱいは、それはそれでいけない感じが強くてエロい。

「わっ、なにしてるんだよ」

「今日こそはエッチしてよっ。岬のはじめて、もらってほしい」

「はじめてって……朝からなんてできないよっ。それにもう学校に……ンンッ」

のしかかられて、唇を塞がれる。そして当然のように舌を入れられて、ついついこちらからも舌をいやらしくからめてしまう。

「んふっ……んちゅう……れろっ……れろっ……ンンッ……」

何度もしているから、キスがうまくなってきている。

クチュクチュと唾液の音が混ざり、甘いツバの味が口の中にひろがる。

(ううっ……かわいい妹に、寝起きのベロチューで起こされるって最高ッ)

「んん！」

岬がキスをほどいて、色っぽく見つめてくる。

「いやだ、ピクピクしてる……」

岬の小さい手が、パジャマ越しに股間をこすってくる。

「すごい……大きくて硬い……なんだか、つらそう」

「でも、朝はだいたいこうなんだけどさ」

「じゃあ、小さくしてあげる」

無邪気に言いながら、岬がパジャマのズボンとブリーツを引っぱった。

ぶるんと飛び出た男根に、岬は指をからめつつ、すっと顔を近づけてきた。

チュッと表皮にキスされて、さらには舌を出して舐めてくる。

（う、うお……いきなりっ）

起き抜けのペニスは、臭いも相当にキツいだろう。

なのに、岬はうれしそうに亀頭を温かい口で咥えこんでくる。

（うっ、くうう……）

気持ちよすぎて頭が痺れた。背すじからペニスの芯まで、ゾクゾクとした快感が走り抜ける。

（中学生の妹に目覚ましフェラされるなんて……）

イタズラしている気分になってきて、背すじが痺れてくる。

しかし、感激している場合ではなかった。

岬が切っ先を口に収めたまま、肉エラの内側をチロチロ動かしつつ、小さな唇で亀頭冠を締めてきた。

「うっ！　くうううっ！」

敏感な鈴口を責められて、むず痒いような快感が尿道の中まで突き抜ける。

「くうっ、気持ちいいっ……岬、なんか、うまくなってないか？」

岬はちゅるっとペニスを吐き出して、

「エヘヘ。お兄ちゃんの気持ちいいところ、見つけたもん」

かわいらしく言いながら、またずっぽりと咥えられる。

大きな目を上に向けつつ、舌腹で表皮を舐めあげ、そこから亀頭のくびれをちろちろと舌先でくすぐってくる。

猛烈な痺れが襲ってきた。

幹生はシーツを握って苦悶の相を浮かべる。

「み、岬……それ、気持ちよすぎるッ……んん」

腰に痺れが生じてきたときだった。

「幹生ーッ、梨奈ちゃん、来てるわよ」

下から母親の声がした。

(やばい……今日は早いな……っ)

幹生は布団を引っ剝がした。

「岬、やばいよ……梨奈が来てる」

「むふ？」

脚の間にいた岬は、咥えながらニコッと笑う。

「お、おい……やめないと……くうぅっ」

起きあがろうとすると、岬が咥えたまま鈴口を舐めてきた。

あまりに鮮烈な刺激に、幹生は起きることもできずに、ベッドの上でもんどりうった。

「な、なにしてる……くう！」

くすぐったくて、腰に力が入らない。

カッ、カッと階段をのぼってくる音がしたと思ったら、梨奈が勢いよくドアを開けた。

「おはよ……あっ……」

唖然としている梨奈と目が合った。

「ち、違う……」

「なにを言ってるの。違わないでしょう、幹生くん」

梨奈は鞄を置いて、岬の横にしゃがんだ。

「岬ちゃん、幹生くんにへんなことしないでよぉ、兄妹なのに」

「だって、したいんだもん。梨奈先輩、いっつもお兄ちゃんを独り占めしてるんだから、ちょっとぐらい貸してくれたっていいでしょう？」

「独り占めじゃないわよ、琴音がいるし……」

と、そこまで言うと、じろっとこちらを睨んできた。

嫉妬の目だった。

「ねえ、幹生くん、そうだよね。琴音も好きなんだもんね」

「そ、そういえば、琴音ちゃんは？」

話を逸らすと、

「書道部の発表会があるから、朝練だって」

「ああ、そうなんだ……くう」

岬の横で、梨奈も勃起を舐めてきた。

制服のミニスカートのお尻が動いて、ライトブルーのショーツがかわいらしく見えている。

「あんっ、梨奈先輩、ずるいっ。私がお兄ちゃんを気持ちよくさせてたのに……」

岬もふたたび舐めはじめる。

（うぉぉ……こ、これ……ラブコメのハーレム展開だっ）

ふたり並んでの競うようなフェラチオは天国だ。

感謝の気持ちをこめて、ふたりの頭をなでる。

ふたりは目の下をねっとり赤く染めつつ、亀頭を根元から切っ先まで、たっぷりの唾液で舐めて、交互に咥えてくる。

ふたつの舌で、表皮を唇や頬粘膜でこすられる快感はすさまじかった。

「くうう……も、もう……」

尿道に熱いものがせりあがってきて、足先が震える。

ふたりは上目遣いにこちらを見る。

幹生が「もう、出そうだ」と言うと、大きな瞳を妖しく潤ませて、根元をキュッ、キュッとしごきながら、梨奈が喉奥まで咥えこんだ。

「くぁぁ……だめだ、口の中に出ちゃうよ」

「……お兄ちゃん、そんなこと言って……ホントは私たちに、アレを飲ませたいんでしょう？」

横にいた岬が、イタズラっぽい目で見つめてくる。

「そ、それは……でも、いやだったら……いいんだよ」

「ホントはいやだよ。ねえ、梨奈先輩、お兄ちゃんのせいえき、苦いよね」

言われた梨奈は、咥えながらこくこくと頷いた。

「でも……好きな人のは、飲んであげたいと思っちゃうのよね」

岬の言葉に、梨奈はまた大きく頷いた。

梨奈は、じゅぽっ、じゅぽっと、卑猥な音が立つほど顔を前後に打ち振り、岬はペロペロと会陰を舐めてくる。

「くうう……ああ、出、出るよ」

もう、ガマンできなかった。

朝から梨奈の口に向けて射精する。

「ンンンッ……」

梨奈は顔をしかめながらも、口中に精液をためていく。

そうして、勃起から口を離す。

わずかに開いた唇のあわいに、たっぷりと注いだ白濁液が見えた。

「ああ、いっぱい出ちゃったよ、ティッシュ……」

ベッドから降りて、ティッシュに手を伸ばそうとしたときだった。

岬が梨奈の肩をたたき、振り向きざまの梨奈にキスをした。

(えええ!)

ザーメンでいっぱいだった梨奈に口づけし、岬は喉を動かした。

(く、口移しっ……僕の精液を口移しで飲んでる)

梨奈もほっそりした喉を、こくこくと動かしている。

ふたりでキスしながら、口移しで幹生の濃厚なザーメンを飲んだのだ。

あまりの光景に呆然と見ていると、ふたりは口づけを解いて「早く行こうよ」とうながしてくるのだった。

2

放課後。

幹生は梨奈と琴音といっしょに帰る前、手洗いに向かっていた。

(今日はふたりとの3Pとかできたりして……)

ニタニタと含み笑いしつつ、しかし、よくここまできたなあと思いに耽《ふけ》る。

クラス内での身分は、一軍「ジャック」である。

不良っぽい生徒も、話し上手な陽キャもみな幹生を気にかけてくれて、遊びに誘ってくれる。

おかげで電話番号登録は百件増え、ひっきりなしにLINEが入ってくる。

(でも、これ……楽しい……のかな……)

せっかくずっと羨ましいと思っていた一軍に入れたのに、どこか寂しい感じがしている。

(きっと慣れてないからだな。慣れたら楽しいよ)

そんなことを思いながら、ふと窓を見る。

校舎の陰に、良太の姿が見えた。

(あっ、良太……え?)

誰かに蹴られている。

白浜たちだ。

幹生は慌てて階段を降りて、非常口から上履きのまま、外に飛び出した。

「なにしてんだよ!」

幹生が駆けよって怒鳴りつける。

青木や岡田は恐縮するが、白浜はチッと舌打ちして凄んできた。

「ジャックだからって調子に乗んなよ。おまえの秘密、暴いてやるからな」

「えっ……秘密?」

「わかってんだよ。恵里香さんが言ってたぜ。おまえ、なんかへんな特技があるんだろう」

ドキッとした。

催眠術のことだ。

「なんだよ、それ」

とぼけて訊く。

「わかんねえけどよ。梨奈はそのせいで、おまえになびいたんだろ？　そうじゃなきゃ、梨奈がくっつくなんてありえねえ。ぜってえに化けの皮、剝がしてやっからよ。いこうぜ」

三人が歩いて去っていく。

幹生はうずくまっている良太に駆けよる。

「大丈夫？」

良太はお腹にかかえた雑誌を取り出した。

メルキュアの同人誌だった。

「これ、破られそうになったから、守ってた……幹生くん、見たがっていたでしょ」

「良太……」

その瞬間に「ああ」と思った。

クラブイベントに行こうが、陽キャたちと恋愛話をしようが、有名なモデルたちと会おうが、楽しくない意味がわかった。

良太とアニメの話をしている。

これが至福なのだ。

みんなでアニメの話をして、誰にも邪魔されない世界。

それだけがあればいいのだ。

(スクールカーストなんか……つぶしてやるっ)

幹生は決意した。

それには姫野恵里香だ。

ラスボスともいえる最強の権力者。

でも、自分の催眠術さえあれば……絶対にものにできる。

「ありがとう。あとでいっしょに帰ろ。教室で待ってて」

良太は腹を押さえながら「え?」と言った。

「いいのかい?　麻生さんたちは……」

「いいんだよ」

幹生は良太を起こしてやり、ふたりで校舎の中に入っていく。

良太を教室に置いて、幹生は生徒会室に向かっていた。

恵里香に電話を入れると、ちょうど残っていて、生徒会室で資料を見ていたというのだった。恵里香は生徒会の連中とも仲がいいのだ。

(それにしても……秘密なんて……まさか催眠術、バレてないよね)

白浜の口にした言葉が、妙に引っかかった。

それでも恵里香を、なんとかしたかった。

(あの生意気そうな恵里香さんを……いけるのかなあ……いけたらすごいけど)

美人度でいえば、琴音と双璧のトップクラス。

しかもすらりとしたボディがあまりに魅力的で、近寄りがたい雰囲気がある。

幹生が生徒会室のドアを開けると、恵里香が立っていた。

「私になんの用かしら」

静かながらも、威圧感のある口調。

テレビで見る女優さんみたいな美人オーラ。

セミロングの黒髪に、切れ長の目力はかなり強い。

気圧《けお》されるほどの雰囲気ながら、幹生は思いきって口を開いた。

「スクールカースト、もうやめてほしいんだ」

恵里香は切れ長の目を細めて睨みつけてくる。

「あなたに指図される覚えはないわよ」

「でも……やっぱり、あれはおかしいよ。底辺のみんな、いじめられてるし」

「……ジャックにしてあげたじゃないの。不満？」

「僕のことはいいんだ。僕だけなら底辺でもなんでもいい。だけど良太とか、ほかのみんなが……」

その言葉に、恵里香は鼻で笑う。

「きれいごとでしょう。本音は違うでしょ。あなただって支配するほうが楽しいでしょ」

「今のが僕の本音だよ。支配するしないなんてどうでもいい」

幹生の言葉に、恵里香は目を見開いた。

「ふざけないでっ」

恵里香の剣幕に、幹生は驚いた。

「自己犠牲なんてバカじゃないの……人は支配されるか、支配するかなの。そんな弱い人間は社会で淘汰されるわ」

恵里香は高い鼻をツンとそらした。

なるほど、完璧にしつけられてるなあ、と幹生は感心した。

「淘汰なんて……もっとみんなにやさしく接すればいいのに」

「私のプライドが許さないの。もう行きなさいよ。スクールカーストはやめないわ」

(なんて子だ……やっぱり最終手段だな)

恵里香に向けて、人さし指を向けたときだ。

「それが催眠術ってやつ？」

「え？」

ドキッとした。

恵里香は腕を組んでニヤッと笑っている。

「それがふざけた催眠術ってやつね。残念ね。私、いろいろ調べたのよ。自己暗示でかからないようにできるって」

「そうなんだ……でも、知ってるのはそれだけ？」

幹生が言うと、今度は恵里香が「え？」と訝《いぶか》しんだ顔をする。

「それだけって……まだ、なにか……」

「よかったあ……あのさ、覚えてないかなあ。少し前に指を向けて『いつか僕の言うことを聞いてもらう』って言ったでしょ。あのときからもうかかってるんだよ、恵里香さん」

恵里香は「ああ！」と目を剝いて叫んだ。

幹生は指を向けたまま言う。

「僕のすることに抵抗できない。好きになれ」

「……うそ、うそでしょう……」

恵里香は短く叫んで、その場に崩れ落ちた。

3

ぼんやりと視界が戻ってくる。

（えっ……）

恵里香はまわりを見る。

どうやら、生徒会室に置かれているソファで横になっているらしい。

「いったい、なにが……」

（えっ……）

起きようとしたが、身体が動かなかった。

縛られているのかと思ったが、違った。

手足が重くて動かないのだ。

それだけではない。

ブレザーはもちろん、白いブラウスとミニスカートも脱がされていて、アイボリーのシルクブラジャーとショーツだけの格好にされている。

「な、なんなの……」

声だけは出せる。

だが、意識はうつろで、ぼうっとしてしまう。

夢の中にいるような感じだ。

「ああ、よかった。いつ起きるかと思った」

すぐ横で声が聞こえた。

須藤幹生がしゃがんでこちらを見ている。

「あなた、なにをしたの……服まで脱がして、ヘンタイッ」

「ああ、やっぱり心まではコントロールできなかったんだ。残念。でも、すごい身体なんだね、恵里香さんって。申し訳ないけど、僕のものになってもらうよ」

「なんですって」

幹生のいやらしい視線が、横たわったブラとショーツ姿に注がれている。

すらりとしたスタイルのよさは、恵里香の自慢だ。

細いだけでなく、胸やお尻のボリュームも成熟していて、同世代の女の子と比べると、自分でもセクシーだと思っている。

「み、見ないでっ」

恵里香は顔をそむけた。

それくらいならなんとか動くのに、両手で胸を隠すことはかなわない。

「見るよ……だって、憧れの恵里香様のセミヌードだもん。ああ、たまらないな」

幹生の手が左のブラ越しの乳房に触れた。

量感を確かめるように、たぷっと揺らしてから、今度はやわらかさを計るように、指を食いこませてくる。

「くうっ……やめてっ……」

いやらしい手つきに、恵里香は狼狽えた。

ぱっとしない陰キャのくせに、やけに自信満々なのが恐ろしい。

「いやっ……こんなのレイプよ。訴えてやる。絶対にあなたのものなんかになるもんですか」

睨みつけるも、幹生はどこ吹く風だ。

「訴えるのはやだな。これはカースト制度なんかつくった罰なんだ。僕や良太がどんな思いをしたか……絶対に感じさせて、そんなこと言えないようにしてあげる」

「冗談言わないで、誰があんたなんかに……くうぅっ」

アイボリーのブラジャーをズリあげられ、ふいに乳房のふくらみの頂点を、左右同時につまみあげられた。

「ヒウッ……」

いきなりの刺激に、ショーツ一枚の肢体が淫らにくねる。

「いやなわりに、この反応はなんなのかな、恵里香さん」

「バ、バカね……いきなりだったからよ……こんなこと……」

しゃべっている途中で、また、クイッと乳首をひねられる。

「い、いやン」

上品な美貌が一瞬にして真っ赤になる。

思わず女っぽい声をあげたことを恥じて、恵里香は口惜しさと恥ずかしさに唇を嚙みしめる。

「感じやすいんだね、こんなにおっぱいの先が張って」

幹生は制服の上下を脱いで裸になると覆いかぶさってきて、いよいよ強く乳房を揉みしだき、肩胛骨にそって舌を這わせてくる。

「くうう、や、やめて……気持ち悪いっ」

キツく乳房を揉みしだかれたあと、やわやわと、ゆっくりと揉まれていく。

「ううっ……あっ……」

あやうく声を漏らしそうになり、恵里香は目を見張った。

(な、なんなの……こいつ……)

陰キャだから、もっと乱暴にしてくるかと思ったら、なんだか手慣れているのが無性に腹が立つ。

「あ、あなた……こうやって無理やり、麻生さんや河村さんを手なずけたのね。おかしな催眠術なんか使って」

「今は、ふたりには使ってないよ」

「わ、わかるもんですか」

「ちなみに今も使ってないからね。動けないだけで、感じてるのは、恵里香さん自身だからさ」

「う、うそおっしゃっい！」

ぴしゃりと言うも、確かに無理やりに感じさせられているわけではないようだ。

口惜しいけど、身体が火照っているのだ、幹生の愛撫によって。

「うそじゃないよ、ほら」

おっぱいを揉まれながら、幹生の手が肩胛骨から腰まわりをすうっと撫でてくる。

「あ、あん……」

自然と身体がビクッとして、背中をそらしてしまう。

甘い声が口端から漏れてしまうのが、恥ずかしくてたまらない。

「無理やりに感じさせられてると思う？　違うでしょ」

「バ、バカッ……ううんっ……や、やめてっ……やめなさいっ」

しかし、幹生はこちらが感じているのを見て、俄然やる気になったようで、乳房に顔をよせて吸いつきながら、脇腹をしつこく指で撫でてくる。

「あンっ……い、いやだって……ああんっ……ああ、そこっ……」

ゾクゾクした震えに、恵里香はビクンッと腰を揺らめかす。

しなやかな肌が粟立つのを感じる。

「腰が動いてる。感じてるんだね」

幹生の手が、内ももに伸びてきた。

「ひっ」

鮮烈な刺激に、恵里香は大きく腰を浮かす。

太ももの内側がこれほど感じるとは思わなかったのだ。

幹生はさらに恵里香の脚を開かせると、鼠径部《そけいぶ》の窪みに指を這わせてくる。

「くぅぅ……」

眉間のシワがいっそう深くなり、首すじから甘ったるい汗がにじむ。

(ああん……だめっ……このままじゃ……)

いつの間にか身体の芯が熱く疼いていた。

「あれ? もう、濡れてる……」

幹生が大きく脚をひろげさせて、ショーツ越しの秘部をのぞきこんできた。

「み、見ないでっ……ヘンタイッ」

恵里香はかぶりを振った。

(ああん、こんな男に触られて、感じてしまうなんて……)

しかし、恥ずかしいと思えば思うほど、身体の奥がジーンと痺れ、妖しい疼きがこみあげてくる。

こんなことは、はじめてのことだ。

あふれ出した花蜜がクロッチを汚している。それが、はっきりとわかるのだ。

4

(恵里香さんの身体、すごいな……)

大きな乳房を揉みしだき、ひろげたショーツの濡れジミを見ながら、幹生は大きくため息をついた。

まるでメロンのような巨大なふくらみから、キュッとくびれた腰つき、そして急激にふくらむヒップのボリュームが女らしく大きくて、女子高校生とは思えない成熟した魅力を伝えてくる。

(もう完熟の大人だよ……ボン、キュ、ボンのグラマーボディだ)

すらりとしたモデル体形だと思っていた。

しかし、恵里香の身体は男の欲しい部分にしっかり脂が乗り、ムッチリとした女の肉のやわらかさを伝えてくる。

(た、たまんないっ……)

梨奈や琴音、そして岬とはまた違った魅力にあふれている。

幹生は夢中になって、硬くなりはじめたおっぱいの先にむしゃぶりつき、舌でねろねろと転がしていく。

「あっ、だめ……ちょっと……あああぁッ！」

乳首を舐められただけで激しく身もだえする恵里香を見て、これはおっぱいだけでイカせられるのではないかと思った。それくらい感度がいい。

（いい身体してる子って、みんな感じやすいのかな……？）

ラスボスの恵里香は男性経験があり、相当に攻略は難しいと思っていた。

だが、今までの反応を見ると、どうも初々しい。

（い、いけるかも……）

幹生は興奮しながら、ショーツのサイドに指をかけて引き下ろした。

「だ、ダメッ……だめぇぇぇ」

いつもは凛としている恵里香が恥じらい、声を荒らげた。

「だめって……見せてもらうよ。僕のものにするんだから」

幹生は思いきって、恵里香の脚を開かせる。

（おおおっ……）

黒々とした陰毛の奥に、ビラビラの大きなスリットがあった。

肉裂の奥からはヨダレのように愛液が噴きこぼれ、妙に甘ったるいような、奇妙な匂いが漂ってくる。

「経験ないんだね、恵里香さん」

「し、知らないわ。あんたになんか言いたくない」

ぷいと顔をそむけた表情が、意外にもかわいらしい。

「そんな顔もするんだ。恵里香さん、かわいいっ」

反応を見ながら、幹生は人さし指と親指で、おま×こを開いた。

「あああッ、ひ、開かないでっ」

恵里香は両手で隠そうとするが、抗いは弱々しい。

心や意識までは催眠にかからなくとも、身体は動かすことができないようだ。

無理やりに感じさせるには好都合である。

赤いとろとろした媚肉に、幹生はそっと舌を這わせる。

「くぅ……ちょっとあなた、なにをしてるのっ、そ、そんなところを舐めるなんて」

「クンニだよ。知らないのかな。フフッ。恵里香さん、油断してたね。僕、けっこう女の子の経験値は高いんだよ」

自分自身に誇らしい気持ちになりながら、さらに舌を這わす。

「ねろっ、ねろっ……じゅる……じゅるる……」

「ああ、舐めないでっ……そんな音を立てないで……ああんっ……恥ずかしいから、あああっ」

恵里香のマン汁は、さすが処女で酸っぱかった。

だが、これがあの恵里香様のおま×この味だと思えば、ずっと舐めていたくなる。

「ああん、このヘンタイ、バカッ、スケべっ……あ、あなたなんかっ……」

真っ赤になって暴れる恵里香の乳房に手を伸ばし、股間を舐めながら、硬くなった乳首を指でコリコリとつまみ転がす。

「ああうっ……ああんっ……や、やめて……だめっ……ああん、いやあ」

乳首も同時に責めると、抗いの声が女っぽくなってくる。

やはり、恵里香も乳首が弱いようだ。

指でキュッとつまんだり、引き伸ばしたりしながら、幹生は舌を膣奥まで差しこんだ。

クチュ……チュ……チュクッ……。

水音が激しくなり、恵里香の悶えが激しくなる。

「ああ……どこに舌を入れてるの……ああんっ、奥を舐めないで……ああっ……」

「はじめてなのに、すごい反応だね」

幹生は舌責めをやめて煽ると、恵里香はハアハアと息を乱し、

「し、知らないわっ。いい加減によしなさいっ、ヘンタイッ」

と、やたら悪態をついてくる。

しかし、そのわりに感じまくっているのは隠せない。

いつものクールさはどこかへいき、怒っているわりに、とろんとした顔で見つめてきている。

(なんか、かわいいな……ツンデレって感じだ)

処女のくせにやたら感度のいい恵里香が、愛おしく感じてきた。

(もっと乱れさせてみたいな……)

ワレ目を舐めながら、上部に目をやるとクリトリスがある。

陰核はほかの女の子たちより張り出していて大きい。

舌でそっと皮を剝くと、真珠のようなまるい玉が姿を現した。

剝き出しになったクリトリスは、いかにもザ・性感帯というほど、無防備な姿を見せてしまっている。

とがりきった肉芽をじかに舌であやすと、

「あっ……くぅ……ああっ……だ、だめっ、そこだめっ……」

と、恵里香はとたんに抑えきれないと喘ぎを漏らし、豊満な尻をくねらせる。

やっぱり、クリトリスは感じるのだ。

調子に乗ってさらに舌でねぶってやると、ますますクリトリスが充血する。

そして、チュルッと吸い出して、ねろねろと舌ではねつけると、

「ひ、ひいっ……あああん、あううんっ……ああっ……」

ついに恵里香は、ぶるっ、ぶるっと痙攣をはじめた。

（かなり感じてきてる……よおし……）

さらにチュッ、チュッと陰核に口づけすれば、

「あっ……だめっ……ああんっ……ま、待って……お願いっ……ああっ……」

両手を差し出して、しがみついてくる。

美少女は幹生にギュッと抱きつきながら、ビクン、ビクンと全身を大きく痙攣させるのだ。

（やった……今、イッたよな、これ）

やがて震えがとまると、恵里香はソファにぐったりと身体を投げ出した。

ハアッ、ハアッ……と息があがり、うつろな表情で宙を見つめている。

女子高校生とは思えぬ、グラマーなボディが汗でぬめ光っていて、醸し出す甘ったるい発情の匂いも、男の性欲をくすぐってくる。

「恵里香さん、イッたよね」

「し、知らないわ」

気丈にも睨みつけてくる顔は、しかしいつもの迫力はなくて、女の恥じらいと羞恥にまみれて凄艶だ。

「かわいいんだね、恵里香さんって……」

「バ、バカじゃないのっ。これはあなたに無理やり……」

「今、手が動いたでしょ。もう催眠は完全に解けてるんだよ」

言うと、恵里香はハッとして、バツの悪そうな顔をする。

「欲しいんでしょ。ねえ。バージンでもわかるでしょ。セックスしたいって……身体が疼いてるんでしょ？」

「ほ、欲しくなんか……」

「さすがに強情だね。じゃあ、もう一回イカせてあげようかなあ。なんなら、何度でも……」

さすがの恵里香も顔を強張らせて、幹生を見つめてきた。

5

（な、何度もですって……あ、あんなことを何度も……）

恵里香はソファの上で震えていた。

自慰行為で達したことはある。

しかし、今の爆発に比べたら、たいしたことない。

今のはすごかった。あまりに気持ちよくて、失神しそうになったのだ。

だが息つく間もなく、幹生はまたのしかかってきて、クリトリスを責めてくる。

「あんっ……あんッ……」

唇を引き結ぶこともかなわず、切れぎれの吐息を漏らしてしまう。

とがった乳首も指で弄られると、もうどうにかなってしまいそうだ。

「ああ、お願い……もう、やめてぇ……」

崩れそうな理性をなんとか奮い立たせ、恵里香は抗いの声をあげる。

しかし幹生は容赦なく、敏感な陰核を舌で愛撫しつづける。

「んふぅぅ……」

せりあがってくる快美のままに、恵里香は汗ばんだボディをくねらせる。

両手でソファを引っかき、足指を内側にくるめてしまう。

「あん……んんんっ……」

細眉をたわめて、こめかみを引き攣《つ》らせる。

イクところをもう見せたくないと、恵里香はそのプライドにかけて、必死に歯を食いしばっていた。

「素直になったらいいのに」

幹生が見つめてきた。

恵里香は恥ずかしくなり、顔をそむける。

今度は乳首をむしゃぶりつかれた。

(ああ……もう……)

限界がまた近づいてくる。

(いけないわ……このままじゃ……)

身体が愉悦に溺《おぼ》れていく。

「欲しいんでしょう?」

言われて、恵里香は顔を打ち振った。

「……やめてって言ってるのよ」

気力を振り絞って睨みつける。そうでなければ、官能の渦に溺れてしまいそうだ。

「でも、身体は欲しがってるじゃない、ほら……」

いきなりだった。

指を膣奥にヌプリと入れられた。

「あ、あんッ」

ジクジクと疼いていた部分をかき混ぜられ、たちまち脳が痺れる。

「い、いや……そんな……指でなんて……あううんっ……」

恵里香は細腰をくねらせて、悩ましいまで身もだえる。

ねばっこい音をさせながら出し入れされると、頭の中で火花が散る。

(ああ、イクッ……)

もう、ガマンできない……恥をさらしてしまう。

そう思ったときだ。幹生は指の動きをやめてしまった。

「あああ……」

行き場のない性欲が身体の中で渦巻いていた。

「また、イキそうだったんでしょ？」

幹生がのぞきこんで、ニヤニヤ笑いながら言う。

「だ、誰が……」

反論するも、幹生が蜜まみれの指を見せてきて、恵里香は顔をそむける。

「すごい濡れかただったよ……手首までびっしょり」

嘲《あざけ》るように言われて、恵里香はキッと睨みつける。

「わ、私を誰だと思ってるのッ……こんな侮辱的なこと、許さない……あっ、あうう……も、もう、や、やめてっ」

強く出ようとすると、また指で攪拌される。

「い、いや……や、やめてぇ……」

子宮がひくひくして、待ち望んでいるのが自分でもわかる。

もうなにか大きなもので貫いてもらわねば、せつなくてたまらないのだ。

「いや……あああん…ううん……」

丹念に何度も出し入れされると、恵里香は恥も外聞もなく、物欲しそうに腰をくねらせてしまう。

（あああ……も、もう……）

身体の奥の疼きがたまらない。

「ああっ……ね、ねえ……お、お願いっ……あ、あれを……」

口に出してから、恵里香はハッとした。

「ようやく言ってくれたね」

幹生がうれしそうに、恵里香の脚を開かせてくる。

「ち、違うわっ……」

「違わない。というか、こっちも限界なんだよね。恵里香さんのこんなエッチな身体、ヤリたくない男なんていないから」

幹生はそう宣言してから、勃起の根元を持って、びっしょり濡れたワレ目に押しつける。

「……え、エッチな身体とか言わないでよ……い、入れたら、怒るわよ」

顔を赤くしてつっぱねると、幹生がクスクス笑った。

「……なんか、かわいい怒りかただね。じゃあ、少しだけ……少し入れるだけなら、どう？」

「そういうやりとりしないでっ。恥ずかしい」

恵里香は羞恥に唇を嚙んだ。

幹生のペースなのが口惜しくて仕方がない。

だが、感覚がおかしくなっていて、本気で怒れないのが哀しい。

「ああ、押しつけるだけで、恵里香さんのおま×こが、吸いついてくる」

幹生がグッと挿入してきた。

(あ、熱いっ……それに大きくて硬いっ……)

男性器の畏怖を覚えたときだった。

ぬるっとした幹生の先端が、恵里香の身体をググッとひろげるように、穴に入ってきた。

「い、いやっ……だめぇ……！　は、入って……く、くううぅん！」

わずかな痛みが襲ってきた。

だが痛みよりも、身体の奥からわき出てくる愉悦の波に翻弄された。

(は、離れてよっ……)

言おうと思っているのに、声が出ない。

「は、入ったよっ……」

幹生が歓喜に声を震わせる。

恵里香は目尻に涙を浮かべながらも、キッと幹生を睨みつける。

(ああ、私のはじめてをこんな男に……)

と思うのに、睨みつけてもすぐに視界がぼんやりして、眉根をよせたとろけ顔をさらしてしまう。

（ああ……幹生が気持ちよさそうにしてるなんてっ、口惜しい……）

そう思うのに、不思議と心の中はふわっと温かく、とろけそうになっている。

「き、気持ちいいっ……恵里香さん、痛くない？」

「い、痛いわよ……ひどいっ……」

だが、尻を持たれてなじむように腰をまわされると、

「あっ……ちょっと……それ……あっ……あっ、うむっ……」

膣粘膜がキュッ、キュッと締まり、ペニスを締めつけるのがわかる。

痛いけれど、感じるのだ。

お腹の中で幹生のものが、ジクジクと疼いていると、たまらなく気持ちよくなってくる。

さらに正常位のまま、乳首をつままれれば、

「あ、ああんっ……ううんっ……ううん」

と、悩ましい声を漏らして、自然と大きく背をのけぞらせてしまう。

「少しよくなってきた？」

「えっ……ま、まあ……」

恵里香は言葉少なく頷いた。

破瓜の痛みよりも、確実に快感が増してくる。この快楽には抗えない。

「じゃあ、少し動かすね」

濡れた媚肉をえぐるように、逞しいものが奥まで沈みこんでくる。

あまりの大きさに、恵里香は呻いてのけぞった。

(な、お、大きいっ……ああっ)

息もできぬ圧迫感が、恵里香の女の部分を刺激する。

子宮口を突きあげられて、背中が粟立つような愉悦が腰に宿る。

膣襞は待ちかねたように妖しい粘着力で、男根を迎え入れてしまうのだ。

「う、うむっ……ううんっ……」

苦悶と快美の汗で濡れた身体をのたうたせ、ギリギリと奥歯を噛みしめる。

だが、切っ先が最奥に届いた瞬間だった。

「ああっ……ああんっ……い、いい……」

と、本能的に女の悦びを口にしてしまう。

(だ、だめなのに……い、いやだっ……お腹の中が疼いちゃう……)

はじめてなのに、身も心もとろけるような愉悦が襲ってくる。

（ああ、こんなことって……）

もう自分の身体が、自分のものではないようだ。

ぬちゃ、ぬちゃと抜き差しされるたびに、甘い衝撃が背すじに走る。

「あんっ、だめっ……もう、奥に……奥にこないでっ……ああんっ」

これ以上されたら……怖くてたまらない。

息もできないほど苦しいのに、熱い波が押しよせてくる。

ぬんちゃ、ぬんちゃと水音はひどくなり、甘い体臭と性行為の生臭さに、なんともいえない高揚を感じてしまう。

「ああんっ……いい、いいわっ」

自然と声が出てしまっていた。

（こ、こんな男に……翻弄されて……ああんっ……イキたくなんかないのに……）

しかし、重苦しいものを押しこまれて、翻弄されっぱなしだ。

「くうう……すごい締めてくる……はじめてなのに……」

「ああんっ……は、はじめてとか、い、言わないでいいから……だ、黙って……あううんっ、んんんっ」

いやのに、幹生の腕にしがみついてしまう。

「もう、カースト制度は終わりにして。約束して、僕と……」

ふいに幹生が言ってくる。

「ああんっ……い、今言うなんて、卑怯《ひきょう》ものっ……」

「だって、僕のものにするって言ったでしょ。恵里香さんが僕のものになったら、言うことを聞いて」

「あ、あなたのものになんて……あううんっ……ああんっ……」

何度も押しこまれて、もう考えることすらできなくなってくる。

6

（おお……まさかこんなに乱れてくれるなんて……）

あの恵里香を、これほどまでに性感に溺れさせたことがうれしかった。

「カーストをなくして。じゃないと、やめちゃうよ」

幹生は断腸の思いで腰の動きをとめる。

すると、恵里香が今にも泣きそうな顔でせがんでくる。

「ああン……わ、わかったわっ……わかったから、とめないでっ」

「約束だよ」

「あんっ、約束……するから、ああんっ……お、お願いっ……」

あの凜としたお嬢様が。

キングとなってすべてを支配すると言ったラスボスが。

自分のチ×ポが欲しくて泣いているのは、なんともかわいらしい。

「絶対に、約束だからね」

幹生は抽送を開始して、ふたたび恵里香の奥をえぐり立てる。

「いい、いいっ……いいわっ……あああんっ、狂う。恵里香、狂っちゃう……」

「いいよ、狂って」

「ああんっ、幹生、幹生くん……ッ」

あの恵里香がしがみついて、求めてきた。

幹生がキスをすると、恵里香が舌をからめてきて、激しいディープキスになる。

「ああっ、もう……もう……イキそう……イキそうなの……ッ」

キスを解いた恵里香が、不安そうに見つめてくる。

こちらもキツい膣襞に締められて、いよいよ限界だ。

（な、中に……）

と思ったが、ハッとなった。

恵里香はまだ完全に落ちていない。

中出しなんかしたら、殺されるかもしれない。

歯を食いしばって打ちこんだ。こちらがイク前に、イカせよう。

遮二無二打ちこんだときだ。

「ああっ、もう、だめっ……イクッ、恵里香、イッチゃううう！」

ギュウと膣が搾られる。

幹生は慌ててペニスを抜いた。

「くぅぅぅ……」

唸りながら、放出した。

ドクン、ドクンっ……。

熱い精液が飛び散って、恵里香のお腹やおっぱいを白濁液で染めていく。

（ああ……ホントに恵里香さんとシちゃったんだ）

幹生は弛緩している恵里香を見つめて、いじめられっ子がここまで来たのだという感慨深さを味わっていた。

エピローグ

幹生は朝起きて、一階に降りていく。

昨日は放課後に恵里香を抱き、クタクタになって帰ってきた。

岬がじゃれついてきてもなにもできず、夕飯を食べて風呂に入ったあと、泥のように眠ってしまったのだった。

(今朝は珍しいな……誰も起こしにこなかった)

いつもだったら、岬と梨奈と琴音のトリプルフェラが待っているところだが、今日は実に静かな寝起きだった。

ダイニングにいると、岬がスマホを見ながら、トーストを囓《かじ》っていた。

「なんだよ、今日はおとなしいな」

と、いつものように頭に手をやったときだ。鬼の形相で睨みつけられた。

「なによ、もう。触らないでよ」

（あれ？）

岬の顔の前で手を振ってみる。

「なにしてるのよ……早くしないと学校に遅れるよ」

「はあ……」

幹生は向かいに座り、パンに手を伸ばす。

その間に岬の顔を見た。

もちろん、いつもどおりにかわいいのだが、甘えてくるような素振りはない。

幹生は食べ終えると、慌てて自分の部屋に戻り、インターネットで検索した。

「プーチューブ動画サイト」

特に変わっていないようだが、見落としていた場所があった。

注意事項の部分だ。

「えっ……期間限定……？」

催眠術には期間があり、潜在意識にある記憶も、すべてきれいさっぱりデリートしてしまうという。

（う、うそだろ……）

幹生は慌てて家を出て、バス停に向かう。

バスから降りて歩いていると、良太が少し前を歩いていた。

「良太っ」

駆けよると、いつものほんわかした笑顔がある。

「あっ、おはよう」

「……おはよう」

「あ、あのさ、良太」

なにか最近なかったか、と訊こうとしたときだ。

「あっ、白浜くん、おはよう」

良太が白浜に声をかけた。

「おう」

白浜は愛想こそ悪いが、こちらに手をあげて、軽く笑い返してきた。

（ええ？）

どういうことかわからない。

さらに梨奈も琴音も普通に挨拶し、それ以上でもそれ以下でもない、クラスメイトに向けた挨拶をしてくる。

教室に入っても同じだった。カースト制度はなく……いや、それどころか、前からないような、ごく普通のクラスになっている。

（なんで……？）

恵里香が入ってきた。

鞄を置くと、幹生に向けて手招きする。

ふたりでこっそりと教室を抜けて保健室に入る。

「約束どおり、カーストはなくしたわよ」

幹生はきょとんとした。

「あれ、恵里香さんは覚えてるの？」

「プーチューブってヤツでしょ」

あっけらかんと言われて、幹生は驚いた。

恵里香がクスクスと笑う。

「探したのよ、サイト。見つけたら、催眠術は期間限定だって。笑っちゃったわ。で、LINEでみんなに送信したのよ。カーストは終わり。最初からなかったことにして、みんな仲よくしなさいってね。いいんでしょ、これで」

「う、うん……ありがとう」

夢のハーレムはなくなったけど、悪夢のカーストはなくなったわけか。

恵里香は高い鼻をそらして、フフフッと笑った。

「残念だったわねえ、麻生さんと河野さん。両取りできて楽しかったでしょう？　ふたりともまた恋人と元サヤに戻るはずよ」

「いや……いいよ、これで。催眠なんか、おもしろくないもの」

幹生が言うと、恵里香は呆気にとられた顔をした。

「あら、強がり」

「そうじゃないよ」

思っていたのだ。

梨奈のことを「アクセサリー」みたいに思っていた。

琴音のことを「自分の人形」にしたかった。

岬のことを「理想のかわいい妹」に仕立てたかった。

すべては自分の私利私欲。楽しかったけど、それ以上の驚きはない。

「うまくいかないから、恋愛って、おもしろいんだよね」

「なによ、それ。知ったような口ぶり……まあ、でも達観できたのは悪いことじゃないと思うわ」

恵里香が近づいてきて、上目遣いに見つめてくる。

「で？」

「え？」

「え、じゃないわよ。私のことは、どうするかって訊いてるのよ」

「え、は、え？」

幹生は唖然とした。そのときだった。

恵里香が背伸びして、指先を向けてきたのだ。

「私のこと、好きになりなさい。わかった？」

「ええっ……？」

とまどう間に、幹生は恵里香にキスされていた。

キスをほどいた恵里香が言う。

「子どもの頃のリベンジよ」

幹生が首をかしげると、恵里香は鼻を思いきりつまんできた。

◉新人作品**大募集**◉

マドンナメイト編集部では、意欲あふれる新人作品を常時募集しております。採用された作品は、本人通知のうえ当文庫より出版されることになります。

【応募要項】 未発表作品に限る。四〇〇字詰原稿用紙換算で三〇〇枚以上四〇〇枚以内。必ず梗概をお書き添えのうえ、名前・住所・電話番号を明記してお送り下さい。なお、採否にかかわらず原稿は返却いたしません。また、電話でのお問い合せはご遠慮下さい。

【送付先】 〒一〇一－八四〇五 東京都千代田区神田三崎町二－一八－一一 マドンナ社編集部 新人作品募集係

ときめき《ときめき》エロ《えろ》催眠《さいみん》ぼくの《ぼくの》スクールカースト《すくーるかーすと》攻略法《こうりゃくほう》

二〇二一年三月十日 初版発行

発行◉マドンナ社
発売◉二見書房 東京都千代田区神田三崎町二－一八－一一
電話 〇三－三五一五－二三一一（代表）
郵便振替 〇〇一七〇－四－二六三九

著者◉桐島寿人【きりしま・ひさと】

印刷◉株式会社堀内印刷所 製本◉株式会社村上製本所 落丁・乱丁本はお取替えいたします。定価は、カバーに表示してあります。
ISBN978-4-576-21020-9 ◉Printed in Japan ◉©H.Kirishima 2021

Madonna Mate